Ryoko&Izumida

講談社文庫

水妖日にご用心

薬師寺涼子の怪奇事件簿

田中芳樹

講談社

目次

カバー・口絵・本文イラスト　垣野内成美

水妖日《すいようび》にご用心

薬師寺涼子の怪奇事件簿

第一章　王子さまがやってくる

I

九月にはいって変わったことといえば、夏休みが終わって子どもたちの姿が街角から消えたことぐらいだ。太陽は猛々《たけだけ》しく大都会のコンクリートとアスファルトを焼きつづけ、地球温暖化と日本熱帯化の魔笛《まてき》を吹き鳴らしている。

私は裁判所から出てきたばかりだった。冷房の効《き》いた建物から外へ、一歩踏み出したとたん、灼熱《しゃくねつ》した陽光が白く視界を満《み》たして、数秒間、立ちつくしてしまう。

私の名は泉田準一郎《いずみだじゅんいちろう》。職業は警察官。警視庁刑事部に所属する三十三歳の警部補だ。

その日、私は検察側の証人として、東京高等裁判所に出廷したのだった。四年前に刑事として捜査した殺人事件の控訴審《こうそしん》だ。

たいして困難な事件でもなかったし、むずかしい裁判でもないはずだった。借金の返済をめぐるトラブルが原因で、こういっては被害者に悪いが、ありふれた事件である。だが、被告側の弁護士がなかなか曲者《くせもの》で、検察側の証人に対して、いちいち揚《あ》げ足をとり、嫌《いや》みを並べて挑発する。「そんなことも憶《おぼ》えてないんですか」とか、「よくそれで警察官が務《つと》まってますね」とか。

罠《わな》にはまるほどこちらも初心《うぶ》ではないが、どうにか無難にやりすごしたときには、くたくたに疲れていた。検事に「ご苦労さま」といわれ、機械的に頭をさげて出てきたのだ。

東京高等裁判所と東京地方裁判所は、おなじビルの中にある。千代田区霞《かすみ》が関《せき》一丁目、裁判所合同庁舎というやつだ。建物を出ると、目の前を桜田《さくらだ》通りが走り、右前方を見ると、私の職場がある。警視庁のビルだ。ふたつのビルは、せいぜい二〇〇メートルしか離れていない。歩いて三分以内である。

アスファルトの路面から熱気のかたまりが上昇して、歩き出した靴の底まで焼けるようだ。何をどう呪《のろ》っても涼しくなるわけではなく、あきらめて歩き出し、警視庁のほぼ正面まで来たとき、奇妙な光景に気づいた。

異様な人だかりがしている。黒塗りの自動車も何台か停《と》まっているようだ。カメラのフラッシュだろう、点滅する光が、ひときわ暑さを誘う。

重大事件の犯人でも逮捕連行されたのだろうか。だとしたら妨害してもいけない。私は足をとめかけたが、横断歩道の信号が青に変わると同時に、背後から突きとばされた。

手にマイクを持った三十代の女性が、私などに目もくれず、横断歩道を疾走していく。ＴＶカメラを肩にかついだ男が、汗の玉を飛ばしながら彼女にしたがう。人だかりの中から、どなる声がする。何ごとだ、いったい。

「あ、泉田警部補！」

若い女性の声がして、私は、すぐ傍《そば》に同僚の姿を見出《みいだ》した。

貝塚《かいづか》さとみ巡査、別名は呂芳春《ルイ・ファンチュン》。別名って何だ、と思われるだろうが、当人がそう名刺にまで刷《す》っているんだから、尊重すべきかもしれない。両腕いっぱいに、大きな紙袋をかかえている。

「よかったあ。警部補にいっしょに突破していただかないと、とても庁舎内《なか》へはいれません」

「それはいいが、いったい何ごとがおきたんだ？」

「何だか重要人物《ＶＩＰ》が来てるらしいんですう」

「ＶＩＰ？」

声をかわしているうちに、横断歩道を渡りきっていた。貝塚さとみのかかえる袋から、ささやかな冷気がただよってくる。

「何だい、その袋は。冷たそうだな」

「ええ、アイスクリームですから。ドライアイスもいれてもらいましたし」

「何だか、ずいぶん大きそうだが」

「はあい、日本ではじめて売り出されたハーゲマイヤー社のウルトラゴージャス・セレブリティシリーズですう。十二種類全部、三つずつ買っておいでって……」

「女王さまのご命令か」

「そうですうー」

「まさかひとりで全部食べる気では？」

「いえ、わたしたちにもわけてくださるそうなんで。警視はほんとに気前のいい方ですう」

「新発売のアイスクリームか……さぞＴＶのワイドショーで、店を持ちあげてるんだろうな」

「いろんな味がありますよ。楽しみですぅ」

「おれは小豆《あずき》味がいいねえ」

貝塚さとみと反対の方角で、中年男性の声がした。丸岡《まるおか》警部だった。こちらは私の同僚というより先輩のベテラン捜査官だ。半分白くなった頭髪のはえぎわを、タオル地のハンカチでぬぐいながら、感心したような声を出す。

「すごいことになってるねえ。マスコミも暇なんだなあ」

「事情をご存じですか」

「うん、何でも、急に外務大臣が来庁することになったらしくてね」

「外務大臣って、つぎの首相候補ですか」

「アニメファンで、マンガしか読んでない人ですよね!?」

私と貝塚さとみが口にしたのは、どちらも事実である。

現在の首相は、就任してそれほど長くはないのだが、疑惑まみれの大臣が自殺したり、防衛省や年金庁が空前の不祥事をおこしたり、独裁者気どりの幼稚な言動が批判をあびたりして、早くも退陣に追いこまれそうな雲行き。そこで最有力の後継者候補とされるのが、外務大臣なのである。

「すくなくとも現在《いま》の首相よりはマシ」

というのが、おおかたの評判だが、この人は政治家としての評価以外に、マンガやアニメの熱烈な愛好家として知られていた。移動する車内でもマンガを読みふけっている。そのこと自体はべつに悪いことではない。マンガに偏見を持つより、むしろいいことだとは思うが、問題もある。貝塚さとみがいったように、「マンガしか読んでない人」という印象があることで、世界各国の外交官たちの間では「ミスター・ジャパニーズ・コミック」として有名らしい。

いまや外務大臣はベストセラー作家でもある。三ヵ月ほど前、新書で著作を二冊、同時刊行して、これがあわせて五十万部も売れてしまい、大評判になったのだ。その著作のタイトルは、

『人生に必要なことはすべてマンガで学んだ』

『とんでもない国ニッポン』

というのであった。

「とんでもない国」というのは、著者によれば、「美しいだけでなく、ビックリするほどすばらしい国」という意味なんだそうである。

いずれにしても、私たちは刑事部参事官室へもどらなくてはならない。私は貝塚さとみの手からアイスクリームの袋を受けとり、行手をさえぎる連中に向けて突き出し

た。

「はい、どいてどいて」

わッと悲鳴があがったのは、アイスクリームとドライアイスの冷たさを思い知ったからだろう。細い道が開けた。

マスコミ関係者だけでなく、もちろん警護官《SP》もいて、私たちに両腕をひろげる者もいたが、多少のやりとりで突破できた。

エレベーターホールの混雑を避け、五階まで階段を駆け上がる。冷房のおかげで、そのていどの元気は回復した。ただし、丸岡警部は、「あとからゆっくりいくよ」とのことであった。

私の上司は、参事官室にいた。参事官室は参事官の執務室と部下たちの事務室とにわかれている。上司がいるのは、ロココ調の家具調度がそろえられた執務室のほうだ。

薬師寺涼子《やくしじりょうこ》、二十七歳。警視庁刑事部参事官にして、階級は警視。いわゆるキャリア官僚で、ゆくゆくは女性で最初の警視総監の地位を予想されている。性格は悪いが、つみかさねた功績は富士山より高く、しかも政・官・財の三世界において、重要人物《VIP》たちの弱みや汚点を無数につかんでいるから、誰も彼女に手出しできないのだ。

「あら、泉田クン、あわててるみたいだけど、借金取りにでも追われてるの？」

私の上司は脚を組んだ。すずしげな真珠色のスーツ姿だが、スカートは過激なほど短く、完全無欠な脚線美を展示している。警視総監としては不必要の資質ながら、後光がさして虹《にじ》色のプリズムにつつまれるほどの美女である。

「ちがいます」

「隠さなくてもいいわよ。返済に必要なおカネ、一日一割の利息で貸してあげるから」

「いりません。それより、外務大臣が来るんですよ」

「呼んだオボエはないわよ」

「呼ばれないけど、来させてもらったよ」

何だか塩からい感じの声がして、初老の男が参事官室にあらわれた。TVや新聞で毎日のように見る顔だ。

中背で、やや痩《や》せ型。日本でも有数の名門の出身だそうだが、下町の魚屋のおじさんといっても通るほどガラが……いや、とても庶民的なお人だ。背広の着こなしはラフだが、高価なものではあるだろう。大臣の背後には、うろたえたようすの警視副総監やら大臣秘書官らしい人物がむらがっている。

「ええと、すわってもいいかね」

「どうぞどうぞ、そちらのお席へ」

壁に首相の大きな写真が飾られているのはいいとして、その栄養失調のブルドッグみたいな顔には、ダーツの矢が何本も突き刺さっている。それを見て外務大臣はニタリと笑いかかったが、あわてて表情をとりつくろい、安楽椅子《いす》にふんぞりかえった。

「すまんが、ちょっと席をはずしてくれ」

大臣にいわれて、有象無象《うぞうむぞう》は不本意《ふほんい》そうに退出していく。私は残る。もともと弓なりにまがった大臣の眉がさらにカーブを描いた。

「君、そこにいる彼はいったい……」

「こいつは部屋の備品ですの。いま感覚スイッチを切りますから、何も見えず何も聴《き》こえません」

涼子のしなやかな指が、私のコメカミをつついた。私は表情を消した。ジャングルより苛酷《かこく》な日本国の公務員社会で生きていくためには、プライドにこだわっていられない状況もあるのだ。

外務大臣は私を無視することにしたらしい。それ以上は何もいわず、涼子に視線を向けた。

「いや、君のことは薬師寺クンから聴いておるよ。初対面とは思えんな」

「薬師寺って、あ、た、く、しでございますけど」

「君のお父上のことだ」

涼子の父親、つまり薬師寺弘毅《ひろき》氏はもと警察庁の高官で、現在はアジア最大の警備保障会社JACES《ジャセス》のオーナー社長である。政・官・財の三世界における人脈は毒グモの巣かモグラの穴のごとく、したがって外務大臣と知りあいであるのは当然といえよう。

「いや、聞きしにまさる美人だねえ。ただ、ちょっと問題児だと薬師寺クンはいっておったが……」

「あいつのいうことを信じてるようですけど、そんなことしたら痛い目にあいますコトよ」

「あいつって……キミ、父親のことをそんな風《ふう》に呼んだら、教育再生会議のセンセイ方がヒステリーをおこすよ」

「いいんです、単に遺伝子の運び屋にすぎませんから」

「そ、そういう言いかたもあるものかね」

ようやく外務大臣は、雑談で魔女の気分をヤワラゲルという試《こころ》みの無益さをさとったようだ。

「じつはだな、薬師寺クン、君に頼みがあって足を運んだのだが……」

II

外務大臣は、涼子の父親からもっとも重大で必要な情報を得ていなかったらしい。彼女に頼みごとなどしたら、何万倍のお返しを要求されることか。

「近々、正確には来週の月曜日だが、メヴァト王国のカドガ殿下が来日なさる。殿下は国王ビクラム二世のご次男で、内務大臣でもあられるが、大の親日家でね」

涼子の表情をうかがいつつ、話を進める。

「同時に、カドガ殿下はザナドゥ・ランドの大ファンでもあって、この機会にぜひ東京ザナドゥ・ランドを見物したいといっておられる」

「東京ザナドゥ・ランド？　東京都の地図を見ても、載《の》ってませんね。どこにあるのかしら」

次元の低いイヤミをいいながら、涼子は、肩ごしに私を見やった。

東京湾の東岸、千葉県の西端部に、ザナドゥ・ランドという巨大テーマパークがある。「遊園地」なんて古くさい呼びかたをしてはいけない。親会社はアメリカにあるが、日本では独特の発展をとげ、世界でもトップクラスのサービスと人気を誇っている。

東京湾の埋立地にあるので、建設されるときには、環境破壊やら暴力団がらみの利権やらが騒がれたが、いまそんなことを問題にする者はいない。

「シンデレラ・マジックを使って借り切りたいということでね」

外務大臣の説明によると、「シンデレラ・マジック」というのは、平日の夜間にかぎって、ザナドゥ・ランド全体が貸し切りになるシステムなのだそうだ。午後八時から十二時までの四時間。名称の由来はもちろん、シンデレラにかけられた魔法が深夜十二時に解けてしまうことから来ている。

たった四時間でも、この巨大な遊園地を独占するために必要な金額は、ちょうど一億円。二万人の入場者が五千円ずつ支払う、という計算でそうなるのだ、という。

「あら、あんがい安いんですのね」

美しい魔女は、うそぶいた。

「たった一億円、といってもどうせ基本料金だけで、何かと追加料金が必要なんでしようけど、メヴァト王国にとってはハシタガネですもの。一晩といわず、何年でも借り切ってしまえばいいのに」

外務大臣は、苦虫《にがむし》を一ダースまとめて嚙《か》みつぶした。

「できんのだ、それが」

「あら、どうしてですの」

涼子の声に、邪悪なヨロコビの粒子がふくまれて、キラキラ光っている。

「推測してみたまえ」

「できませんわ」

「ほんとに、できんのかね」

「すこしも、まったく、ぜーんぜん」

涼子の異名《いみよう》は「ドラよけお涼《りよう》」という。「ドラよけ」とは「ドラキュラもよけて通る」という意味だ。その恐るべき異名を知っているのかどうか、外務大臣は三白眼《さんぱくがん》をむいて涼子をにらみつけた。

「来週の月曜日から金曜日まで、つまりカドガ殿下の日本滞在中ずっと、何者かがすでに借り切っていたんだよ」

「あら、偶然ですわね」

「偶然ではない。何者かが、カドガ殿下の来日にあわせて、イヤガラセをしたとしか思えんのだ！」

「あらあら、まあまあ、それはそれは」

涼子はおどろいたような声をあげる。「しらじらしい」と「そらぞらしい」をたして「ぬけぬけと」をかけると、こういう声になるのだろう。

「で、いったい誰が、そんなイヤガラセを？」

「君だ！」

「キミって、卵の中身のことかしら」

「と、とぼけるのもいいかげんにせんか。来週の月曜日から金曜日まで、夜間、ザナドゥ・ランドをずっと借りきって、日本国とメヴァト王国との友好関係を妨害しようとしとるのは君だ」

涼子は鈴を鳴らすような声で笑った。

「あら、そういえば、どこかの小さな遊園地を借りたって使用人が申しておりましたけど、ザナドゥ・ランドでしたの。それがちょうどカドガさんとやらが押しかけてくる時期といっしょだなんて……運命のイタズラですわね。誰も悪意なんて持ってないのに」

悪意のカタマリのくせに。

「運命なんぞ、どうでもいい。ひと晩だけ権利をカドガ殿下に譲《ゆず》りなさい」

「あら、政府が国家権力を振りまわして、個人の権利を侵害するんですの？　まあ、こわい、日本っていつから北朝鮮《ノース・コリア》みたいな人権無視の独裁国家になったのかしら」

「い、いや、何もムリジイしているわけではなくてだな、お願いしとるんだ。君だって日本国の公務員だ、日本と友好国との関係が悪化するのは望むところではなかろう？」

「ええ、積極的に望んではおりませんわ」

涼子の言葉を普通の日本語に翻訳すると、「悪化したって別にかまわない」という意味になる。

外務大臣は応接テーブル上のコップを手にし、水をひと口すすった。顔をしかめる。

「出してもらって何だが、この水、何だかヌルいな」

「あら、大臣方御用達《ごようたし》の美辞麗句《ビジレイク》甘言水《カンゲンスイ》ですのよ。ひと瓶《びん》一万円。冷やすと効力が薄れますので、そのままお出ししておりますの」

「ほう、そうかね」

ウソである。ただの水道水だ。貝塚さとみが、「大臣にもアイスクリームお出ししますかあ」と小声で尋《たず》ねたとき、「もったいない！　ただの水でタクサン」と涼子が因業《いんごう》なことを命じたのを、私は、はっきりと耳にしている。

「うん、そういえば体内が清浄になったような気がする。で、どうかね、この件？」

「承知いたしました」

「おっ、すると」

「はい、ひと晩、権利をお譲りいたしますわ、大臣のお顔を立てて」

「そ、そうかね。いや、ありがたい。ところで、この件は国家機密にあたる。口外《こうがい》せんでほしいのだが」

じろりと私を見る。

「ご安心あそばせ。警察において、キャリアは完全にノンキャリアを支配し、服従させておりますから」

「それはまあ、見ればわかるが……」

外務大臣が眉をしかめつつ涼子と私を見やる。あんたの目はフシアナか、といってやりたいのを、私は怺《こら》えた。

「や、もうこんな時刻か」

黄金色にかがやく腕時計を、外務大臣はわざとらしくのぞきこんだ。

「もう本省にもどらなきゃならん。これでも多忙な身でね。行きたくない場所へでも顔を出さなきゃならんし……」

「お察しいたしますわ」

「そ、それじゃザナドゥ・ランドの件、よろしく頼んだぞ。君を信じとるからな。約束を守らないようでは、美しい日本人とはいえんぞ」

「ご心配なく。美しい国、美しい政治家、美しい官僚こそ、日本の誇りですものね、オホホ」

「ではくれぐれも頼んだからな」

外務大臣は出ていった。アニメに登場する土木作業用ロボットみたいな足どりで、そそくさと。

ドアが閉まって、大臣の姿が消えると、涼子は音を立てて舌打ちした。

「くだらない男だわ。近いうち泣かしてやる。それにしてもザナドゥ・ランドめ、ダンゼンゆるせない」

「何を怒ってるんです？」

「ザナドゥ・ランドのやつら、守秘《しゅひ》義務を守らずに、あたしの名をバラしやがったのよ。あたしは顧客というだけでなく、株主でもあるのに」

「しかたありませんよ。政府から声をかけられたんじゃ」

「その政府に媚《こ》びへつらう態度が気に入らないっていってるの。でも、まあいい、資本主義社会で株主を裏切った企業がどうなるか、思い知らせてやる」

「報復ですか」

「お仕置きよ」

「で、何をやる気です？」

「あたしはザナドゥ・ランドの株を百万株ばかり持ってるんだけどね、これをまとめて中国の海賊版業者に売り渡してやるわ」

「そ、それはまずいのでは……」

「どうまずいの？」

「色々とですよ」

「色々とって、どんな色よ。赤？　青？　緑？　ミッドナイト・レインボウ？」

それこそ、どんな色だ、いったい。

「小学生みたいなこと、いわないでくださいよ。第一、海賊版業者と知って取引きしたりしたら、あなた自身、著作権法違反でつかまるでしょうに」

「うるさい、あたしはザナドゥ・ランドの株を売りとばして北京《ペキン》の絶景山遊園地《ぜっけいざん》を買いとる。海賊の女王として、世界に君臨してやるのだ」

「海賊の女王なら恰好《かっこう》いいですが、海賊版の女王ではあんまり……」

そこへドアがノックされて、貝塚さとみが顔を出した。盆《トレイ》の上にカップアイスとスプーンが二つずつ、それに書類が載っている。

「あのう、警視、メヴァト王国の歴史、政治、経済状況についての資料、まとまりました」

「いい子ね、呂芳春《ルイ・ファンチュン》、誰かとちがって役に立つこと。ゴホウビは何がいい？」

「カフェ・オーレ味いただいていいですかあ」

「いいわよ、どうぞ」

涼子はすぐ書類をとりあげた。

「ふうん、メヴァト王国の地下資源ってけっこうすごい価値があるんだ。稀少金属《レアメタル》の宝庫だって」

「すごい価値って、時価でどれくらいです？」

「ざっと三兆ドルだって」

「へえ、それはたしかに……」

すごい、といいかけて、私は、一瞬、声をのみこんでしまった。

「え、いくらですって？」

「三兆ドル」

「ドルですか!?　円じゃなくて」

「何度もいってるでしょ、三・兆・ドル」

天文学的な数字とはこのことだ。三兆ドルといわれても平凡な庶民にはまるで実感がわかないが、それだけの稀少金属《レアメタル》が埋蔵されているのが事実だとすれば、アメリカがつくり笑いを浮かべ、中国が揉《も》み手し、日本がペコペコお辞儀するといわれるのも、いっそ当然のことだろう。メヴァト王国の政治体制にどんな問題があろうと、文句をつけるなんて、そんなバチあたりなこと、できるはずもなかった。

III

「たしかメヴァト王国というと、ずいぶん時代遅れの専制政治がおこなわれているんですよね」

「そうよ。サウジアラビアやブルネイとおなじよ」

石油大国として知られるサウジアラビアは、国名そのものが「サウド王家のアラビア」という意味で、国全体が王家の所有物なのだ。だから憲法も議会も選挙もなく、国民に政治的権利などない。首相も王族の中から国王が任命する。ブルネイも同様。これほど非民主的な国々はないはずだが、アメリカから戦争をしかけられることもなく、日本から経済制裁を加えられることもない。

「稀少金属《レアメタル》って、そんなにすくなくて貴重なものなんですか」

「そもそも、少ないから稀少金属《レアメタル》って呼ぶのよ。漢字だったらわかるでしょ」

なるほど、もっともである。

「それで、どういうものを稀少金属《レアメタル》と呼ぶんでしょう？」

「まず白金《プラチナ》」

「それなら私にもわかります」

「タングステン、ニッケル、コバルト、クロム、マンガン……」

なぜか次第に早口になってくる。

「モリブ・デンイン・ジウムタン・タルバ・ナジウム・ビスマスアン・チモンバ・リウムス・トロンチ・ウムベリリ・ウムリチウ・ムゲルマニ・ウムハフ・ニウム……」

「ちょ、ちょっと待ってください」

「何よ」

「何ですか、いまの呪文《じゅもん》は!?」

「稀少金属《レアメタル》の名前を順番に読みあげてるだけじゃないの」

「わざと変なところで区切りながら読んでるでしょう!? 抑揚《よくよう》までつけて、遊ばないでください」

「うるさい、どんな読みかたをしようと上司のカッテだ」

「上司のカッテで、捜査に必要な情報をゆがめていいんですか？」

「捜査？」

上司が問い返す。その表情と口調で、私は罠《わな》にはまったことをさとった。

「いま捜査っていったわね、泉田クン」

「……はあ」

「いったい何の捜査よ。事件なんておきてないじゃないの」

観念して、私は答えた。

「あなたがこうやって関係した以上、かならず妙な事件がおきるに決まってますからね。経験からもたらされる予測ですよ」

「そういうのは予測じゃなくて、期待っていうの」

「私が何を期待しているというんですか」

反駁《はんばく》する声が虚勢じみているのが、我ながらすこし哀《かな》しい。

「つまりさあ、君は、わたしの忠実な手足となって、悪人どもをなぎ倒し、正義のために献身することを期待しているのよ」

「そんなこと期待してませんよ！」

「オッホホホ、心にもないことを」

高笑いした魔女は、ウルトラゴージャス・セレブリティシリーズのカップをふたつ、両手にとった。

「よし、それじゃまあ、しかたない。臣下の期待に応《こた》えて、何かあやしい事件を……」

「でっちあげる気ですか」

右手のチョコミント味を残し、左手のハニーミルク味を私に向かって放る。冷たく甘いボールを、どうにか私は空中で受けとめた。

「でっちあげる必要なんかないわよ。だいたい現在のメヴァト王室なんて、たたけば雲のように埃《ほこり》が舞いあがるんだから」

「聞いたことはあります」

「これからもうすこし精《くわ》しく教えてあげる。あ、ハニーミルク味、全部食べちゃだめよ。半分よこしなさい。こっちも半分あげるから」

美食家《グルメ》絶讃の高級アイスクリームを召しあがりつつ、女王陛下は話を開始あそばした。

そもそもメヴァト王国といえば、「王統連綿《れんめん》六百年」なのだそうだ。現在の国王ビクラム二世は三十五代目だという。

一六一五年、というと日本では大坂《おおさか》夏の陣で豊臣《とよとみ》家が滅亡した年だが、世界の西では別のできごとがあった。イングランド国王ジェームズ一世とスコットランド国王ジェームズ六世、というのは実は同一人物だが、このジェームズ王がインドへ使者を派遣した。このときインドを支配していたのは、ムガール帝国の第四代皇帝ジャハーン・ギールである。

使者はイングランド人トマス・ロウ。この時代に、はるばるインドまで出かけた勇気はりっぱなものだ。ジャハーン・ギールは遊蕩《ゆうとう》にふけったあげく、晩年は皇后によって幽閉《ゆうへい》されてしまうというだらしない君主だったが、キリスト教に寛大で海外貿易にも熱心だったので、ロウは使節として成功をおさめ、めでたく帰国した。

彼の報告をもとに、一六一九年、ウィリアム・バフィンがアジア南方の地図を作製した。その地図に〝MEVAT〟という国名が記されている。その下に小さく〝Narnol〟とあるのは、首都の名だ。

位置は、ごくおおざっぱにいってインドの東隣。もうすこしくわしくいうと、「北はヒマラヤに接し、南はベンガル湾に面する。西はガンジス河、東はビルマ高原」というのがその領域である。

現在ではそれほど大きな国ではない。面積は日本の九州よりは大きく、北海道よりは小さい。人口は百五十万人ていどだ。大英帝国がインド亜大陸《あたいりく》全体に覇権を布《し》いていたころは、いちおう保護国になってはいたが、形式的なもので、小乗《しょうじょう》仏教を奉じ、内政自治権は保障されていた。

第二次世界大戦後、独立を回復したが、何かがとくに変わったわけでもない。国際連合に加盟はしたものの、分担金を支払うより援助金をもらうほうがはるかに多く、ごくありふれた貧乏な後進国だった。あえて「後進国」というのは、憲法も議会も選挙も言論の自由もない、まったく中世そのものの社会を維持してきたからである。

激変が生《しょう》じたのは、二十一世紀にはいってからだ。東南アジアでの資源開発に熱心な国際企業が、すこし手を西へ伸ばしたところで、メヴァト王国の地下に稀少金属《レアメタル》の大鉱脈が存在することを発見したのだ。メヴァト人たちは宝物庫の上で何百年も、痩せた土地をたがやしていたわけである。

日本もふくめ、強欲《ごうよく》な先進国や大国はいろめきたった。二十一世紀は各国による資源争奪戦の時代だ。あらそってメヴァト王国のご機嫌をとり、友好関係を結ぼうとする。

ここで政治的な問題が発生した。ときの国王ルドラ三世は、政治的にも社会的にも、メヴァトを、「先進国」にしようとしたのだ。

実態はともかく、まず形式からというわけで、アメリカ人の顧問を招いて、一気に立憲民主政体を確立しようとした。憲法を制定し、議会を開設し、政党の結成や言論の自由を認めようとした。また、これまで国家の資産と王室の財産とがいいかげんに管理されていたのをあらため、厳密に区別しようとした。

改革の方向は、全面的に正しかった。成功していれば、ルドラ三世は「メヴァト王国中興の英主」と呼ばれるようになっただろう。だが、すこし急ぎすぎた。改革に反対する守旧派の不満は熔岩《ようがん》となって煮えたぎり、その代表が王弟のビクラム殿下だった。

こうして三年前、全世界をおどろかす惨劇がおこる。

ルドラ三世の誕生日は八月一日で、王族たちはヒマラヤの麓《ふもと》の高原にある夏の離宮に集まっていた。その夜、離宮内で激しい銃声がおきた。それも一発や二発ではなく、自動小銃が乱射されたのだ。

八月二日、メヴァト王国政府から公式発表がおこなわれ、国王ルドラ三世の崩御《ほうぎょ》と、王弟ビクラム殿下の即位が宣言された。

発表によれば、ルドラ三世の長男クラーディ王太子は以前からヘロイン中毒の患者だったが、素行を父王から厳しく咎《とが》められて逆上し、所持していた自動小銃を乱射して家族を殺害したあげく、銃口を口にくわえて自分の頭を吹きとばしたのだ、という。

この惨劇によって殺害された王族は、つぎのとおりだ。

国王ルドラ三世夫妻。

国王の長男クラーディ王太子夫妻。およびその長男と長女。

国王の次男ジョーティル王子夫妻。およびその長女。

国王の長女ルナラクシュミー内親王夫妻。およびその長男。

国王の次女マニマティー内親王。

国王の三男プラターパ王子。

あわせて十四名。つまり国王の直系は、ひとり残らず死んでしまったのだ。

これに対し、王弟ビクラム殿下の一家はというと、夫妻もふたりの息子と三人の娘も、すべて無事。夫人が退避するとき、つまずいて右足の小指に全治三日の打撲傷を負っただけである。

「善行を積んでいたので、御仏《みほとけ》のご加護《かご》があった。ありがたやありがたや」

と、ビクラム殿下は仏像に両手をあわせて感謝したといわれるが、そんな殊勝《しゅしょう》な台詞《せりふ》を信じる者などいなかった。あまりにつごうが良すぎる成りゆきではないか。

Ⅳ

ビクラム殿下は即位して、国王ビクラム二世となった。夫人は王妃になり、長男のジャンガが王太子となり、国防大臣と国軍総司令官を兼任。次男のカドガ王子は内務大臣として警察を手中におさめる。首相は国王が兼ね、いずれ王太子に地位を譲ることになっている。

前国王ルドラ三世が招いていたアメリカ人の顧問というのは、リベラルな国際政治学者だったが、解任された上、国外追放されてしまった。

「誇り高いメヴァアト国民は、アメリカ人から憲法を押しつけられることを拒否する」

と、ビクラム二世は発言したが、彼は別に反米主義者というわけでもなかった。稀少金属《レアメタル》の採掘権と探査権は優先的にアメリカ企業にあたえたし、一万五千人のメヴァト国軍を強化するために大量の武器を買いつけ、ついでに対テロ戦争の経費として、アメリカの政府と関係が深い財団やら機構やらに巨額の寄付をおこなった。

こうして国際社会の口を封じてしまうと、ビクラム二世は国内で好き放題をはじめた。前王の支持者を投獄し、民主化運動のリーダーを処刑し、巨大な王宮を建設して、黄金の便器にダイヤモンドをちりばめる、といった具合《ぐあい》だ。

「流血の宮廷革命、王位簒奪《さんだつ》か……」

私は溜息《ためいき》をつかずにいられなかった。

「どうも二十一世紀らしくない話ですねえ」

「二十一世紀らしい話って、どんなのよ」

「えーと……」

「火星に観光旅行にいって、自動車が空を飛んで、太平洋の底に海底都市がつくられて、世界連邦ができて……」

昔の空想科学小説みたいな事例を、涼子が並べたてる。

「そういえば、子どものころ、『エアカー』なんて言葉を聞いたものですが、もうずっと聞いてませんね」

「二十一世紀にはいって、機能が向上したのは、監視カメラと携帯電話《ケータイ》とクラスター爆弾だけだもんね。ほら」

「何です？」

「アイスクリーム、交換」

「はいはい」

窓の外は煉獄《れんごく》さながらの残暑の世界。冷房の効いた部屋の中で、美女とふたり、高級アイスクリームをいただく。天国にいるように見えるかもしれないが、涼しいというより寒い。さまざまな意味で。

しかしたしかにメヴァト王国は問題の国だ。

何といっても三兆ドル相当の稀少金属《レアメタル》である。世界各国政府の垂れ流すヨダレを集めたら、人造湖のひとつぐらい楽にできるだろう。

食べ終えたアイスクリームのカップ類を、まとめてクズカゴに放りこむと、さりげなく私は問いかけた。

「で、いつからメヴァト王国なんかに目をつけていらしたんです？」

「メヴァト王国に直接じゃないの。ＡＰＣがらみで、メヴァトが出てきたのよ」

「ＡＰＣ？」

「アングロ・パシフィック・コーポレーション。略してＡＰＣ」

それはカリフォルニア州シリコンバレーに世界本社を置く巨大企業。資本金五十億ドル、年商七百五十億ドル。事業内容は、地下資源の採掘と販売と輸送、エネルギー、土木建設など。あつかう商品は、石油、石炭、天然ガス、ウラン、鉄鉱石、黄金《ゴールド》、ダイヤモンド、それに稀少金属《レアメタル》などなど。ダムや道路や発電所やパイプラインの建設もおこなっている。近年、メヴァト王国との関係がいちじるしく深まっているそうだ。

「活動範囲は環太平洋全域。主要拠点は、シドニー、シンガポール、香港《ホンコン》、ジャカルタ、マニラ、サンチアゴ、バンコク……」

「東京も？」

「もちろん東京も。で、どう思う、泉田クン？」

「偏見かもしれませんが、利権の匂いがプンプンしてますね」

「偏見じゃないわよ。ＡＰＣが買収している政治屋や官僚は、四十ヵ国で一万人といわれてるしね。それに……」

「それに？」

「関与した政変やクーデターの数は、第二次世界大戦後だけで三十をこすわ」

「ははあ」

何年前のことだったか、東南アジアのラオスで、亡命ラオス人とアメリカ人が組んでクーデターをおこそうとしたことがあった。大量の武器をそろえて、いざ作戦発動というところでアメリカ政府に一網打尽《いちもうだじん》にされてしまったが、ラオスにかなり大規模な金鉱が発見されてオーストラリアの企業が開発に乗り出した直後のことだった。巨大な資源開発企業が私兵を動かしてクーデターをおこすのは、アフリカでも中東でも中南米でも東南アジアでも、歴史上めずらしいことではないのだ。

犯罪をおこすこと自体が目的ではないが、利益のためには犯罪をも辞さない。それが巨大組織の病理というものなのだろうか。

「というと、三年前のメヴァト王国の政変も、APCがからんでいると?」

「さあて、ね」

涼子の瞳が妖《あや》しく光った。ミッドナイト・レインボウとは、こんな色だろうか。邪悪な破壊の欲望が、呪いの宝石に月光をあびせたかのよう、キラキラかがやいている。聞くところでは最近、涼子はIT企業の株をまとめて売り飛ばし、悪事をはたらく軍資金に不自由しないらしい。

　ＩＴ企業の株主としての涼子は、冷酷かつ悪辣《あくらつ》そのものである。地球人ばなれした霊感によって、株価の最高値を察知すると、一挙に売り飛ばして巨万の富をかせぐのだ。売り逃げというやつで、安全地帯に脱出すると、つぎは株価の暴落をサカナに、貴腐《きふ》ワインのグラスをかたむけるのが、魔女の愉《たの》しみ。

「株価が永遠に値上がりしつづけると信じこんだアホどもが、またひどい目にあって恨《うら》みごとをならべたてているわ。オッホホホ、資本主義の非道《ひどう》さを思い知って、世のカタスミで細々《ほそぼそ》と余生をお送りあそばせ」

　非道なのは資本主義じゃなくてアナタじゃないか、といいたくなるが、涼子は平然たるもの。

「あら、あたしが株価を操作してるとでもいいたいの？　上がれば下がる。興《おこ》れば亡《ほろ》ぶ。それこそが世の倣《なら》い。バビロニアも亡び、ローマも亡び、いつか日本も亡びるのよ」

　聞いてるだけだと、けっこう壮大な話ではある。

「ま、小学生に、物を創《つく》る喜びを教えるんじゃなくて、株式売買のゲーム感覚を教えるような国、衰退して当然だけどね」

「すると、あなたは、国が衰退するようなことをやって、お金銭《かね》をもうけてるんですか」

このていどの皮肉で動じるような涼子ではない。

「そうよ、一石二鳥《いっせきにちょう》でしょ。衰退する国ほど乗っとりやすいわけだから」

乗っとってどうする気だ、と問う必要もない。国家と権力は魔女王《ウイッチ・クイーン》のオモチャである。

「オホホ、心配いらなくってよ、泉田クン。あたしがこの国の生殺与奪《せいさつよだつ》の全権をにぎったら、どんなドジ踏んでも、いまの首相より悪くはならないからさ」

そこへ、ふたたびノックの音がして、貝塚さとみが顔を出した。

「あのう、警視、オイイツケのもの、できあがりましたのでお持ちいたしましたあ」

「謝々《シェシェ》、呂芳春《ルイ・ファンチュン》、それじゃさっそく、今日のところにシールを貼《は》って」

「はあい」

涼子は私に事情を説明しようとしないし、私も説明を求めるのは癪《しゃく》なので、黙然《もくぜん》と見守っていると、貝塚さとみは壁にかかったカレンダーの前に歩み寄り、今日の日付のところに右手を押しあてた。見ると、兇々《まがまが》しい髑髏《どくろ》のシールが貼られている。

「おい、貝塚クン、それ……」

つい私が声を出すと、貝塚さとみは、厚さ一センチほどもかさねたシールを示した。

「わたしがPC《パソコン》で作製したんです。これから毎日、何とかいう王子さまが日本を離れるまで、貼ることになってます」

「なってますって……」

貝塚さとみはけっこう優秀な警察官だったのだが、このようすを見るかぎり、すっかり魔女王《ウイッチ・クイーン》の小間使《こまづか》いが板についている。洗脳とは恐ろしいものだ。

「カドガ殿下かあ」

資料のページをしなやかな指でめくりながら、私の上司はまたしてもミッドナイト・レインボウの微笑をたたえた。

「無事息災《ぶじそくさい》に日本を出国できるといいわねえ、オホホ、誰が泣くことになるかしら」

窓の外が暗くなり、閃光《せんこう》が白く走った。大気の状態がきわめて不安定になり、雷雨が近づきつつあるのだった。

第二章　王子さまがやってきた

I

九月の第二火曜日である。

午後八時、空はすっかり暗くなっているが、気温はまだ二十八度Cを下らない。巨大都市トーキョーは膨大な熱量を夜空に放出しつづけ、この夜も熱帯夜はまぬがれないだろう、と、気象庁が宣言している。天候は曇《くもり》で、街の灯火を反射した雲が、薄赤く地上をおおっていた。

メヴァト王国の第二王子にして内務大臣であられるカドガ殿下は、南アジアの人らしく、マホガニー色の顔に真っ白な歯をきらめかせつつ、東京ザナドゥ・ランドの正門前にお立ちあそばした。

来日の二日めである。

王子さまは月曜日から火曜日の日中にかけて、首相をはじめ政治家や財界人と会見や会談をくり返した。水曜日には皇居を表敬《ひょうけい》訪問し、木曜日には新幹線で京都をおとずれ、さらに奈良を見物して、関西国際空港から帰国、という予定だそうである。おなじ仏教国として、日本の仏教美術や寺院建築に興味があるのだそうだ。それが事実なら、マンガしか読まない日本の外務大臣よりえらいかもしれない。

今年三十一歳、独身のカドガ殿下は、かなりの美男子だった。顔は彫《ほ》りが深く、鼻は高く筋《すじ》が通り、眉と口もとはきりりと引きしまって、両眼は黒曜石《こくようせき》のよう。背も高く、均整《きんせい》のとれた肢体《したい》は、一流のスポーツマンみたいだった。実際、射撃と乗馬とフェンシングの三部門で、つぎのオリンピックに出場するのだとか。

これで一国の王位継承順位第二位であり、三兆ドルの巨大資産をせおっているのだから、まさに理想の王子さま。少女マンガの登場人物とちがうのは、日本語をしゃべらないことぐらいだ。

薬師寺涼子はカドガ殿下の招待を受けていた。ザナドゥ・ランドの貸し切り権を譲《ゆず》った御礼、ということで、涼子は当然のごとく、私をオトモに出向いてきたのである。本人にいわせると、「遠路ハルバル地の涯《はて》まで」だそうだ。

招待されたのは涼子だけではなかった。カドガ殿下は日本のマスコミにも好意的で、関係者をまとめて招待したのだ。

興奮しきった女性レポーターが、マイクに向かって絶叫している。

「何と！　わたしたちは！　カドガ殿下のご招待によって！　貸し切りの！　ザナドゥ・ランドに！　ご招待！　いただいたんです！　これから！　力いっぱい！　レポートします！」

「招待」という言葉がかさなっているのにも気がつかないようすだ。外国からの公賓《こうひん》を迎えるマスコミといえば、通常は新聞社の政治部記者ぐらいのものだが、今回はTVの芸能レポーターから女性誌やファッション誌の記者まで、三百人ぐらいはいる。三分の二は女性で、さらにその半数は仕事中とは思えないフリルつきドレスなど着こみ、王宮主催の舞踏会にでも出席したかのよう、ハイテンションで跳《と》びまわっているのだった。

彼女たちとは対照的に、灰色に静まりかえった制服私服の男の群れがいる。これはいうまでもなく警備関係者で、重装備の機動隊員など、はしゃぎまわるマスコミ関係者を不機嫌そうに見つめながら、流れる汗をぬぐいもせず、要所要所に立っている。

「あ、千葉県警本部長だ」

涼子がつぶやいた。

千葉県警本部長は、いかにもエリートという印象の中年紳士で、官僚でなければ銀行家というところ。堂々としていればいいのに、涼子と視線があいそうになると、あわてて逸《そ》らす。その態度が、いかにも不審である。

涼子のほうはというと、まさにネズミをもてあそぶネコだった。それも思いきりすました意地悪なシャム猫だ。尻尾《しっぽ》があったらピンと立てて、振りまわしてみせたにちがいない。

「どうやらこちらからアイサツにいく必要がありそうね」

ハイヒールが路面に鳴って、涼子は千葉県警本部長に歩み寄ろうとした。本部長の顔色が変わった。「サーッ」と音がするほどの勢いである。

本部長はよろめく足を踏みしめ、周囲をかためる部下たちに何やら命じると、人垣の向こうに姿を消した。「逃げるように」ではなく、あからさまに逃げ出したのである。

私たちの前後左右に人影がむらがった。

「警視庁の薬師寺警視でいらっしゃいますね。ご身辺《しんぺん》を警護させていただきます」

涼子と私の周囲を、五、六人の屈強《くっきょう》な制服警官がとりかこむ。警護すると見せかけて、じつは隔離《かくり》しているのだ。

「何よ、このありさまは。警護なんか必要なくってよ」

「上からの命令でして。我々はそれにしたがっているだけです」

「あたしたちさ、カドガ殿下にご招待いただいてるんだけど、これじゃゴアイサツにもいけないじゃない」

「それは上にいってください」

この国では、「上の命令」は憲法にすら優先する。役人が責任をとらずにすませるための、魔法の呪文だ。私も警察の人間だから、彼らの立場はわかるが、できそこないのロボットみたいに無表情でくりかえす態度に、好感は持てない。

とはいえ、涼子の存在に日本警察上層部がオビエルのも、もっともであった。カドガ殿下は日本国の公賓であるだけでなく、警察自体にとっても、だいじなお客さまなのだ。来日すると、殿下はつぎのように語った。

「私は内務大臣として、警察組織の近代化に尽力《じんりょく》せねばならぬ身です。アメリカのように広大な連邦国家の警察制度は、わが国には適用できません。ぜひとも日本のすぐれた警察制度をお手本にさせていただきたい」

ほめられて悪い気分になるはずもない。国家公安委員長も、警察庁長官も、よろこんで協力を約束した。感激した警視総監は、さっそくつぎのような俳句（?）をつくった。

メヴァト国　警察魂《ココロ》の友ぞ　夏の雲

善意だけでも、相手につたわるとよいのだが、警視総監の部下には、悪意のカタマリがいる。

「どうせロクなことが起こりゃしないわよ」

予言したあげく、涼子はつけ加えた。

「あたしの予言は、かならず的中《あた》るのよ」

「そうですか」

「理由を知りたい？」

「は、いや、べつに」

「理由をお尋《き》き」

「……なぜですか」

「あたしが予言を成就《じょうじゅ》させるからよ」

「それじゃまるで何かの秘密結社ですよ」

「ちがうでしょ。あたしは秘密になんかしないもの」

私が返答できずにいると、涼子は、邪悪なキラメキを両眼にたたえた。周囲の警官たちなど、彼女の眼中にない。

「ま、株式投資で稼《かせ》いだアブク銭とはいえ、いちおう何億円か出したワケだ。これで演目《ダシモノ》がつまらなかったら、あの王子には責任とってもらおうじゃないの」

「責任って……」

どうとらせる気だろう。そう思ったとき、マスコミ陣がどよめいた。歓声というより悲鳴に近い。ザナドゥ・ランドの正面から、はなやかな色彩があふれ出た。カドガ殿下を歓迎するため、ザナドゥ・ランドご自慢のキャラクターたちがくり出してきたのだ。

「あ、白雲姫《しらくもひめ》だ！」

いくつかの声が指摘する。ふわふわと雲のような衣裳をまとった金髪のお姫さまが、白い長手袋をはめた腕をあげ、笑顔を振りまく。

「あっちには半魚姫《はんぎょひめ》」

美女の顔の左右にヒレがつき、全身のウロコをきらきら光らせたボディタイツのお姫さまが投げキスしている。涼子が皮肉な笑みを浮かべた。

「ザナドゥ・ランドのスタッフって、お姫さまがよっぽど好きなのね」

「お客の側にも、それはあるでしょう。何のかのいっても、みんな、王子さまや王女さまが好きなんですよ」

「どこがよくて?」

「どこがって……まあ自分の夢を投影《とうえい》するというか……」

口ごもりつつ、私は巨大な案内板を見あげた。

広大なザナドゥ・ランドは、いくつかのエリアに分かれている。

メルヘンランドは童話やお伽話《とぎばなし》をモチーフにした区画で、中世ヨーロッパ風の城館《シャトー》を中心に、「妖精の花園」とか「白鳥の湖」とか「人形とオルゴールの館」とかが配置され、女の子に人気がある。

ホラーランドは恐怖と怪奇がテーマ。「ドラキュラ城」を中心に、「人狼《じんろう》の森」とか「吸血コウモリの洞窟」とか「切り裂きジャックの街角」とか「ポオの館」とかが配置されており、子どもより成人《おとな》のファンが多いそうだ。

サイエンス・アドベンチャーランドは未来と科学技術がテーマ。ロボットに宇宙船、異星人《エイリアン》にタイム・マシンという具合で、とくに男の子たちが夢中になる。「ギャラクシー・ウォリアーズ」というのは、宇宙空間をCGで再現したドームの内部を、高速コースターで駆けぬけ、その間に光線銃《レイ・ガン》を撃ちまくって宇宙怪獣や宇宙海賊をやっつけるのだ。

そして、ダイナソー・キングダムは、一年間のお色直しをへて再開されたばかりだった。

II

パレードやイベントがおこなわれるメイン・ストリートで女性の歓声がおこった。

「わあ、ティラノザウルスだ。本物そっくり！」

実物を見たことがあるのか、と問うのは、心の汚れたオトナの業《わざ》というものだろう。見ると、褐色《かっしょく》の皮膚をぬらぬら光らせた肉食恐竜が、赤く裂けた口を全開させながら路上をねり歩いている。

「ずいぶん憎々《にくにく》しげな顔をしてますね」

「肉食恐竜だからね」

答えてから、涼子は、はなはだ非好意的な視線を左右に飛ばした。

「ザナドゥの善悪観って、すごく単純だからね。肉食恐竜は悪で、草食恐竜は善。映画でもそうでしょ？」

「見てません」

「えッ、『ダイナソー・パラダイス』を見てないの!? あたしは三回見たけど、ほんとにクダラなかったわよ。あんな映画、つくるのは費用《おかね》のムダ、見るのは時間のムダだわ」

そんなもの、三回も見るなよ。

「それにしてもさ、TオサムとかFフジオみたいに、自分で創造したわけじゃないでしょ。あっちはグリム童話、こちらはアンデルセン童話、そっちはペロー童話、どれもこれも古典の流用。キャラクターを絵にしただけで、原典の著作権そのものまで自分のモノみたいな顔してるなんて、ずいぶんあつかましいじゃないのさ」

涼子がいうのは正しいと思うが、原典をきちんと読んでいる人なんて、どれだけいるのだろうか。日本人の半数以上は、白雲姫も半魚姫もシソデレラも、ザナドゥが創《つく》ったものだと思いこんでいるにちがいない。

だいたいわが国の外務大臣にしてからが、インタビューで、『こころ』ってマンガはよかったねー」なんていっている。夏目漱石《なつめそうせき》の原作を読んでいないのだ。

「まあ、ビジュアル・イメージを世界にひろげたのは、ザナドゥですから」

「かたよった、勝手なイメージをね」

いちいち涼子は異議をとなえる、というよりイチャモンをつけるのだが、設備にせよサービスにせよ、世界最高級の遊園地にはちがいない。平凡な女性でも、ごくありふれた男性でも、ここへ来れば夢のお姫さまや王子さまになれる。たしかにカネはかかるが、支払った代金の分だけは、せちがらい現実を忘れて甘美《かんび》な幻想の世界を愉《たの》しませてくれるのだ。年間のべ一千万人が訪れ、その大半が常連客《リピーター》だというのも当然だろう。

「で、『ダイナソー・パラダイス』でしたか、三度も御覧になったのはなぜです？」

「ティラノザウルスが哀《あわ》れなのよー。王者として恐竜王国に君臨してたのに、草食恐竜たちにムホンをおこされて、袋だたきにされて火山の噴火口に突き落とされてしまうの。最期の鳴き声がそりゃもう悲しげでね」

「暴君の末路《まつろ》。他人事《ひとごと》とは思えないわけですね」

「何かいった？」

「いえ、こちらのことで」

多くの日本人にとって、ザナドゥ・グループはアニメ映画と遊園地の会社にすぎないだろう。たしかに最初はそうだったのだが、拡大に拡大をかさね、二十一世紀にはいると、アメリカ五大メディア財閥のひとつに算《かぞ》えられている。地上波TVにラジオ、ケーブルTVに衛星放送、インターネットに映画会社、出版社に新聞社、プロ野球チームにプロ・フットボールチームにプロ・バスケットボールチーム、ゲームソフト会社に玩具会社などなど、傘下《さんか》の企業は五百以上。全体の売りあげは年間三百億ドルに上る。

というのは、ここ数日の間に、本やインターネットで仕入れた情報だ。ザナドゥに批判的な本を出版すれば、たちまち裁判ざたになるので、昔はともかく現在ではオベンチャラを並べたものばかり。私自身、企業としてのザナドゥには、べつに興味もなかったので、基本的なこともよく知らなかった。

涼子は私と腕を組んで、ティラノザウルスの足もとを歩きながら、無知な部下にいろいろと教えてくれた。警護と称して私たちをとりかこむ警官たちは無表情だが、聞き耳を立てているのは明らかだ。

そもそも「ザナドゥ」というのはイギリスの大詩人コールリッジの作品に登場する幻想的な都の名なのだとか。フビライ汗《ハーン》が築いた「上都《シャントゥ》」の名が、すこしまちがってヨーロッパに伝わったものだが、いかにも詩的なひびきをおびた名前ではある。

そのザナドゥという名が、一九三〇年ごろアメリカの小さな映画スタジオに使われるようになった。所有者で制作者で監督でもあるアービング・オダニエルは、貧しい家に生まれたが、野心家だった。学生のころ選挙運動のアルバイトをして、絵や音楽やショーで民衆を動かすことに興味を持ったという。

野心だけではしようがないが、オダニエルは才覚に富んだ男で、「これからは映像が世界を動かすようになる」と見ぬき、その方面へと進んだといわれる。第二次世界大戦が近づいてくると、オダニエルは軍部や情報関係者と手をむすび、ナチス・ドイツの脅威を強調したスパイ・アクション映画をつぎつぎと制作して成功をおさめた。オダニエルは他人の才能を見ぬく目も持ちあわせており、無名の画家、音楽家、俳優、映画監督、脚本家を発掘しては育てあげた。とくに炯眼《けいがん》だったのは、おそらく世界で最初に、キャラクター・ビジネスの将来性を見ぬいたことだろう。

ひとつのキャラクターを生《う》み出すと、たくみな宣伝で人気をあおり、映画にコミック、歌にショーと、何百回も何千回も、形を変えては金の卵を産《う》ませつづけた。

「他人には一セントもやるな」

というのがオダニエルの口癖《くちぐせ》で、ライバル会社は容赦《ようしゃ》なくたたきつぶし、創造力が涸《か》れたクリエーターは、著作権を全部とりあげた上で追放した。オダニエルのために破産した同業者や、窮死《のたれじに》したクリエーターとその家族を集めると、小さな都市がひとつできあがる、といわれている。

「全世界に愛と夢と平和を！」

というオダニエルの理念《タテマエ》はりっぱなもので、誰ひとり文句のつけようがなかった。

また、彼の提供する作品やショーは、たしかに質が高く、魅力的なものだった。国境をこえ、時代をこえて、彼の「お客」は増えていった。

「あいつはグリムやアンデルセンを好きかってに流用してるだけじゃないか」

という非難に対して、オダニエルは傲然《ごうぜん》と応じた。

「グリム童話やアンデルセン童話を、全部きちんと読んでいるやつが、世界に何人いるというんだ。子どもたちは、私の映画やショーで、彼らの名を知ることになる。グリム兄弟やアンデルセンが生き返ったら、私に感謝してくれるだろうよ！」

どうやらオダニエル自身は、グリム兄弟やアンデルセンに感謝するつもりはないようだ。あれだけグリム童話やアンデルセン童話の設定とキャラクターを流用して大金をかせいでいるのだから、グリム博物館やアンデルセン記念館ぐらい建ててもよさそうなものだが。

オダニエルは三十年ほど前に死去し、巨大な企業と莫大《ばくだい》な資産が遺《のこ》された。彼には実子がいたが、世の中には人力ではどうにもならないことがあって、その子は父親より早く病死した。その不幸が晩年のオダニエルに打撃をあたえ、結局、死期を早めることになったといわれる。

現在、ザナドゥ社はオダニエルの兄の息子、つまり甥《おい》によって統率されているが、彼は積極的に事業を拡大し、TV局や映画制作スタジオ、広告代理店などをつぎつぎと支配していった。

全世界に力をおよぼしているが、とくに、アメリカ本国と日本での影響力は突出しているといわれる。パリ郊外にもザナドゥ・ランドはあるが、日本に比べると客はすくないそうだ。

「世界でもっともザナドゥ・ランドを愛しているのは、アメリカ人ではなく日本人だ」

といわれるのも不思議ではない、東京ザナドゥ・ランドの盛況《せいきょう》ぶりなのであった。

Ⅲ

カドガ殿下の周囲にむらがる人波が揺れて、いくつかの人影が出てきた。誰かをさ

がすように周囲を見わたしていたが、

「あっ、薬師寺さま」

東京ザナドゥ・ランドの会長、副会長、社長、副社長、専務に常務……ということがわかったのはこの後だが、一ダースばかりの初老や中年の男女が、わらわらと駆けてきた。私を押しのけて涼子をとりかこみ、競《きそ》いあうように平身低頭《へいしんていとう》する。

「お怒りはごもっともでございますが、今回ばかりは何とぞご諒解《りょうかい》のほどを願いあげますです。何せ政府からの要請でございまして……」

「怒ってはいないわよ」

「あっ、さようでございますか」

「怒ってはいないけどね、ただ悲しいだけ。ああ、ザナドゥ・ランドって、株主より、お客より、国家権力のご機嫌をとるほうを優先するのねって」

「そ、そうおっしゃられますと、まことにもって身の細る思いでございます」

前後左右に幅の広い、脂肪の厚そうな身体つきの男が、おでこをひざにくっつけた。腹の突き出し具合《ぐあい》を考えると、ほとんど神技《かみわざ》である。

「口先だけなら何とでもいえるわよねえ」

「いえ、誠実と感謝こそ、当社のモットーでございます。世界に平和を、お客さまに満足を。今日のツグナイは、かならずや後日に、かならずやカナラズヤ」

「信じていいのね」

「モチロンでございます」

「だったら後日あらためて連絡させていただくわ。くれぐれも、権力よりお客をだいじにしてね」

りっぱなセリフである。日ごろ権力を振りまわして横暴のかぎりをつくしている人間とは、とても思えない。

「泉田警部補！」

聞きおぼえのある声がした。振り向くと、見慣れた顔がある。

「何だ、貝塚クンたちも来てたのか」

「はい、薬師寺警視の特別招待リストに載《の》せていただきましたあ」

貝塚さとみと同行していた若い巨漢は、警視庁刑事部参事官室の阿部真理夫《あべまりお》巡査だった。見た目は、ナワバリあらそいをしている最中の灰色熊《グリズリー》さながら、迫力と威圧感にあふれすぎているが、じつは至《いた》って礼儀正しく、まじめな男だ。かたくるしく敬礼していう。

「どうも、役得《やくとく》で、申しわけないです」

「おれにいうことはないよ。で、君たちだけ？」

「あちらに丸岡警部もいらしてます」

貝塚さとみの指が、メリーゴーラウンドの方角をさす。ぬいだ上着を腕にかけた初老の男性が、いかにも初の来場という感じで、左右を見まわしながら歩いてきた。私たちの姿を見て、小走りになる。

「いや、はじめてじゃないんだよ。でも、二十年ぶりぐらいになるかな」

苦笑まじりにそういって、丸岡警部は、タオル地のハンカチで頸筋《くびすじ》の汗をふいた。

「売店は開《あ》いてるかねえ、孫にお土産《みやげ》を買っていきたいんだが」

「お孫さん、お幾歳《いくつ》でしたっけ」

「生後六ヵ月、かな」

「それじゃ、まだザナドゥブランドの値打ちはよくわからないでしょう」

「なあに、母親のほうが喜ぶのさ。年に二回はここへ来ないと気がすまないらしくて、重症のリピーターってやつだな」

「年に二回ぐらいなら、まだ軽症ですよお。わたしの短大時代の同期生なんて、年に二十回来てますもん」

「ははあ、上には上があるもんだね」

小市民的な会話をかわしていると、涼子に平身低頭していた連中のひとりが近づいてきて、お愛想のおこぼれをまきちらした。つい先ほど、私を押しのけたことはおぼえていないらしい。

「薬師寺さまの同行《おつれ》の方々で？　どうぞごゆっくりお娯《たの》しみください。レストランも営業しておりますので」

「ええと、その、ラーメンなんかは置いてないのかな」

丸岡警部の問いに、お愛想の一部が消えうせた。

「ここは夢の国です。お客さま方には、現実と日常を忘れて、美しい夢を楽しんでいただきたい。したがいまして、ラーメンのような安っぽい、いえ、日常性の強い食べ物はメニューにございません」

気どってるな、という気もするが、ひとつの理念であり見識であるにはちがいない。

ザナドゥ・ランドは夢の国だ。現実に疲れ、日常にうんざりした何百万人もの人々に、甘い夢を提供してくれる。より多くの料金を支払えば、より甘い夢を見せてくれるわけだ。いったん夢の中毒者になれば、くりかえし何度も訪れずにいられなくなるのだ。

涼子がめんどうくさそうに、ザナドゥ・ランドの重役たちを追いはらい、部下たちのところへやって来た。女王さまご一行は合計五人になって移動を開始する。すぐに、大きく三匹のクマの顔を看板に描いたアイスクリーム・ショップが見えた。

「三匹のクマ《スリー・ベアーズ》だそうですよ」

「知ってる知ってる。かき氷《クラッシュアイス》にミルクをかけたのがホワイトベア」

「へえ」

「チョコレートソースをかけたのがブラックベアで、メープルシロップや蜂蜜《はちみつ》をかけたのがブラウンベア。あたしはブラウンベアが好きなんだけど、蜂蜜の質によっては下品な甘さになるから、気をつけないとねー」

「なるほど」

「なるほどじゃないでしょ」

「は？」

「あたしは、ブラウンベアが好きだっていってるのよ」

「それがどうかしたんですか」

と口にする度胸《どきょう》は、残念ながら私にはなかった。

「ちょっと待っていてください」

「いいわよ、待っててあげる」

オウヨウな女王陛下の傍《そば》を離れて、私は、アイスクリーム・ショップへ歩み寄った。先客がひとりいて、小柄な背中を私に見せながら、若い女性スタッフに注文している。

「ブラウンベアをひとつ」

先客をよけながらそういうと、女性スタッフではない声が返ってきた。

「あれ、泉田サンもいらしてたんですか」

IV

私の全身がこわばった。

無意識に、先客の後姿から私は眼をそらそうとしていた。声を聞いて、その理由がわかった。先客は、私がきらいなやつだったのだ。

「そうか、例によってお涼サマのオトモですね、いいなあ」

両手にホワイトベアとブラックベアの容器を持って、軽薄な笑《え》みを満面に浮かべているのは、岸本明《きしもとあきら》だった。私よりちょうど十歳下で、階級は同じ警部補。しがないノンキャリアの私と異《こと》なり、前途《ぜんと》洋々《ようよう》のキャリア官僚である。

「外務大臣のオトモか」

「まあ、そんなところでして。外務大臣はボクのこと気に入ってくださってるんですよ」

「そうだろうな」

素直にうなずくしかない。岸本は国内外に壮大かつ緻密《ちみつ》なネットワークを持つオタクの巨星なのである。マンガしか読まない外務大臣とは、さぞ気があうことだろう。

「でもって、ボクに、秘書にならないかとおっしゃるんです」

「いい話じゃないか。なったら？」

その話が実現したら、警視庁の内外で岸本の顔を見ずにすむ。ササヤカな幸せというものだ。だが、岸本自身は、私ほど乗り気ではないようだった。

「ええ、ありがたい話ではあるんですけどね」

「ゆくゆくは後継者という可能性もあるじゃないか。ご両親が喜ぶぞ」

岸本が国会議員や大臣になったりしていいのか、という根本的な疑問はあるが、現実に岸本より程度の低い国会議員はいくらでもいる。思うに、愛国者による戦争より、オタクによる平和のほうが、よっぽどマシであろう。

「お前さん、アメリカにもフランスにも中国にも韓国にも、たくさん友達がいるんだろ。平和外交を推進できるじゃないか」

「でも……」

「でも、何だ？」

「ボクがいなくなったら、泉田サン、さびしいでしょ？」

将来の外務大臣の尻を蹴とばしてやるべきか否《いな》か、私が決断を下すより早く、背中から不機嫌そうな声がかかった。

「クマ一匹つかまえるのに、いつまで時間をかけてるのよ」

「あっ、お涼サマ！」

涼子を崇拝する岸本が、ヨロコビの声をあげたが、女王陛下は冷淡そのもの。

「あたしがほしいのはブラウンベア。子ダヌキなんかに用はない！」

機械的な微笑を浮かべた女性スタッフからブラウンベアの容器を受けとる。普通のアイスクリーム五個分の代金を私が支払っていると、

「おお、岸本クン、ここにおったのか」

何と外務大臣が顔を出したのだ。

私の顔を見ると、記憶をさぐる表情をしたが、涼子に気づくと反射的に目をそら

し、岸本と私に向きなおった。

「何だ、君たち、知りあいだったのか」

「そうなんですよ、大臣」

と、岸本は気安げである。

「で、君も岸本クンと同好の士かね」

「いいえ！」

つい必要以上に強く否定してしまった。すると外務大臣は心外そうな表情になる。

「おいおい、君、もっと認識してもらわないとこまるぞ。日本が世界に対して誇れるものといったら、マンガとアニメしかないんだからな！」

いいのか、愛国者がそんなことといって。

心の中で、私がそうつぶやいていると、いまや日本マンガ教の宣教師と化した外務大臣は、秘書らしい男を呼んでカバンを開《あ》けさせた。

「この本を読んで、もっと勉強するんだな。何ならサインをしてあげようか。いやいや、遠慮することはないぞ」

外務大臣の手には、ベストセラーとなった新書があった。

『人生に必要なことはすべてマンガで学んだ』

私は思わず半歩後退し、とっさにウソをついた。

「い、いえ、もう読ませていただいております」

「何だ、それじゃ『とんでもない国ニッポン』のほうにするか」

進退きわまりかけたとき、私の上司が声をあげた。

「あ、お由紀《ゆき》のやつだ」

涼子の視線の先にいるのは、黒絹の髪に白磁《はくじ》の肌、眼鏡《めがね》をかけた優美な知的美人だった。きびきびと、制服警官たちに指示を下している。彼女の名は室町由紀子《むろまちゆきこ》。警視庁警備部参事官で、階級は警視。薬師寺涼子の同期生だが、朱《しゅ》にまじわっても赤くならず、良識と知性の人として鳴らしている。

「何でお由紀なんかが、こんなところをウロチョロしてるのよ」

涼子がブラウンベアのスプーンを振りまわしながら毒づく。

「考えてみれば、当然ですよ。あの女《ひと》は警備部のエリートなんですから、カドガ殿下の警護に駆り出されたんでしょう」

「ふうん、すると、カドガのやつに何か兇事《マガゴト》が生《しょう》じたら、お由紀が責任を問われるってわけか」

「あの女《ひと》とはかぎりませんよ」

「かぎらせるのよ、この際」

「何でそんなところで使役形《しえきけい》が出てくるんですか。だめですよ、今夜さわぎをおこしたら、国際問題になるじゃありませんか」

私に他意《たい》はなかったのだが、「国際問題」という言葉が外務大臣をおびやかしたらしい。秘書に合図すると、「それじゃ」と無意味な一言をのこして立ち去る。

涼子も歩き出した。私はつづこうとしたが、岸本が私に小声で告げた。

「泉田サン、千葉県警本部長がちょっとお話があるそうです」

おどろいて立ちどまると、いつ来たのか、たしかに本部長がいる。私の敬礼に、いいかげんなうなずきで応じると、声をひそめて話しかけてきた。

「キ、キミはドラよけお涼の部下だな」

「はい」

「いいか、よおっくあいつを見張って、妄動《もうどう》しないようにしてくれよ」

「はあ……」

本部長は、まるで呪《のろ》いをかけるような視線を、涼子の背中に投げかけた。

「も、もし、あいつのせいでカドガ殿下が負傷《けが》でもなさったら、私の地位は……私の将来は……うう……」

本部長は胃のあたりを手でおさえ、二度ほど深く呼吸した。胃が痛いのか、精神的苦痛か、たぶん両方だろう。

「たのんだぞ、たのんだからな」

彼がいかに動揺していたかは、私の姓名を確認しなかったという一事だけでもわかる。

涼子に追いつくと、TVカメラの前にカドガ殿下がいた。通訳をしたがえ、レポーターたちとニコヤカに質疑応答をかわしている。

王子さまは爽《さわ》やかな笑顔を浮かべていた。純白の歯がまばゆくかがやいて、ダイヤモンドの入れ歯でもしているのかと思いたいほど。

「日本の女性は、じつにチャーミングですね。日本の男性がとてもうらやましい。私もまだ独身ですので」

王子さまの言葉で、報道陣がざわめく。

「すると！　殿下！　もしか！　して！　日本人と！　結婚！　なさる可能！　性も！」

興奮のあまり、アクセントもイントネーションも無視している。カドガ殿下は女性レポーターをまっすぐ見つめた。

「ええ、可能性はありますよ。私がとても抵抗できないような、強烈な魅力を持った女性に出会うチャンスがあれば……」

「それは！　たとえば！　女優でいえば誰でしょう！　か！」

マイクを突きつけられて、カドガ殿下は絶句《ぜっく》した。日本の女優の名前なんて、知らないにちがいない。だが、微笑がとぎれたのも、ほんの一瞬、白い歯をさらに白く光らせて答えた。

「あまりにたくさんいて、とても名前はあげられません。あなたのように行動力にあふれた女《ひと》も、とても魅力的ですね」

「キャーッ、そんなあ……！」

女性レポーターは失神寸前である。なるほど、これくらい機知《きち》に富んでいないと、プレイボーイと呼ばれる資格はないのだろう。

V

「さて、ここでひとつ、重大な発表をさせてくれんかね」

殿下に寄りそうようにして、みずからマイクをにぎったのは外務大臣であった。

「えー、今年は国際連合安全保障理事会《コクレンアンポリ》の非常任理事国が改選される。日本の悲願は、アメリカや中国と同格の常任理事国になることだが、まず目標となるのは、今年、非常任理事国に選ばれることだ。その目標が、メヴァト王国のご好意で、達成されることになった」

今回、非常任理事国は、アジアからは二ヵ国が選ばれるはずだった。一ヵ国はトルコで動かず、もう一ヵ国は日本かメヴァトか、ということになっていた。日本より、はじめて立候補するメヴァトのほうが有利だと思われていたのだが……。

「わがメヴァト王国は、日本との友好にかんがみ、非常任理事国への立候補をとりやめて、日本を推薦させていただきます。偉大なる平和愛好国である日本こそ、その座にふさわしいと思うからです」

この件はすでにメヴァト政府から通告されており、日本政府は、みっともないほど狂喜したそうである。

「ふだん友達がいないと、ちょっと好意を示されただけで、はしゃいじゃうのよねえ」

というのが、涼子の意地悪な意見である。

「で、いつのまに、安保理の常任理事国になるのが、日本の悲願になったのよ?」

「私に尋《き》かないでください」

見ると、外務大臣はカドガ殿下と肩を組み、頬《ほお》ずりしあっている。

「何だかキスでもしそうですね」

貝塚さとみが感想をのべると、涼子が形のいい鼻の先で笑った。

「ディープキスだけはやめてほしいもんだわね」

同感だったが、良識派でありたいと思っている私は、いちおうたしなめてみた。

「ま、いいじゃありませんか。ほんとうに心の底からうれしいんでしょうから」

「常任でも非常任でもいいけど、理事国になって、どんないいことがあるのよ」

「政治家や外務省のお役人たちが、大国の代表ヅラできるんですよ」

「ナマイキよねー、アメリカの属国のくせにさ。アメリカと対等だっていうなら、大使館の借地料をきちんと取り立てたらどうなのよ。だいたい外務省なんて必要あるの？　廃止して、役人どもを老人介護の現場に振り向けりゃいいのよ」

「極論ですよ、それは」

「うるさい、あたしは極論の人なのだ！」

自分でわかっているなら、私がとやかくいう余地はない。

外務大臣は王子さまにキスしたかったかもしれないが、カドガ殿下のほうはつぎの行動にうつっていた。自分のオトモをしてきたメヴァト人の随員《ずいいん》たちを、ひとりひとり紹介しはじめる。

「首席侍従のインドリヤ、秘書官のナーサル、侍従武官のバースカラ少佐、内務大臣官房長のチャッラ……」

以下、一ダースばかりの随員たちが、つぎつぎと紹介される。老人に青年、肥《ふと》ったのに瘦《や》せたの、髭《ひげ》があるのにないの、さまざまだが、いずれも男性で、南アジア人らしく皮膚の色が濃くて、くっきりした目鼻立ちだ。そのなかに、ひとり、変な男がいた。バースカラ少佐と呼ばれた人物だ。

侍従武官といえばボディーガードだから、屈強な大男が務《つと》めているものだが、バースカラ少佐はそうではなかった。チョビ髭をはやした小男で、卵形に肥満し、手足は細い。若いころのエルキュール・ポワロがエジプトに滞在してすっかり陽《ひ》に灼《や》けてしまった、という風情《ふぜい》である。いっこう強そうに見えないが、こういう人物が案外、武芸の達人だったりするものだ。

「そうかな、単なるヒキタテ役じゃやないの」

と、涼子は冷笑する。そうかもしれないが、だとしたら、ずいぶんとメヴァト王室も余裕があるというしかない。

「いや、日本には美人が多いねえ」

いきなり、英語でなれなれしく話しかけられた。下の方から声が上ってきたのだ。涼子と私が見おろすと、カドガ殿下のオトモが立っている。いま話題にした侍従武官のバースカラ少佐ご本人であった。涼子は彼を見やったが、たいして興味なさそうだった。

「君たちは日本のポリス関係者かね」

「はあ、そうですが」

「ちょっとここで話させてもらってよいかな」

「それはかまいませんが、カドガ殿下のおそばにいなくていいのですか？」

「ああ、かまわんさ。くっついていても、ジャマにされるだけだ。殿下は、何というか、その……」

適当な英語の単語をさがすようすだ。

「そう、奔放《ほんぽう》、奔放なお人でな。かたくるしいことがお嫌いであられる」

「そうですか」

「ご婦人方に絶大な人気があるのはいうまでもないが、乗馬にヨット、ゴルフにテニス、何をなさっても名人で、音楽にも通じておられるのだ」

「要するに、女たらしの遊び人ってわけね」

ミもフタもないことを涼子がいったが、バースカラ少佐は怒らなかった。狡猾《こうかつ》なことに、涼子は日本語でいったので。不審そうなバースカラ少佐に、私が「通訳」してやった。

「カドガ殿下は内務大臣の要職にあられる。一国の治安の責任者として、さぞご多忙なのでしょうね」

「それはもちろん」

大きくバースカラ少佐はうなずいたが、私の見るところ、心の底からいっているようすではなかった。真実を知ってはいても、外国人に対して口外《こうがい》する気はない、ということだろう。彼の立場としては当然のことだ。

「うっとうしい、あっちへ行こう、泉田クン」

これも日本語でいって、涼子はハイヒールの踵《かかと》を鳴らしつつ歩き出す。私は一瞬、考えたが、ここでバースカラ少佐を放り出しても両国の友好関係に影響はないだろう。かるく彼に一礼して、私は上司につづいた。

ふと見ると、カドガ殿下をかこんだメヴァト人と日本人の群れも、ぞろぞろ移動をはじめている。メリーゴーラウンドの前を通りすぎて、サイエンス・アドベンチャーランドへ向かっているようだ。王子さまは、まず、地球に攻めてくる異星人の大軍と戦うおつもりらしい。

きらきらウロコを銀色に光らせて、半魚姫がカドガ殿下に近づいていく。ボディタイツにつつまれた肢体が、すらりと優美だ。

異変は、つぎの瞬間に生《しよう》じた。

カドガ殿下の微笑が消え、白いスーツにつつまれた長身が凍結した。

カドガ殿下の顔に、何かが突き刺さっている。正確には右の眼だ。細長い、針のようなもの。いや、針よりは太い。串《くし》だ。それが深々とカドガ殿下の右眼に突き立っている。

メヴァト王国の第二王子は、端整な顔に驚愕《きようがく》の表情を貼《は》りつかせ、眼と口を開いたまま立ちつくしていたが、大きく一回、身体を前後に揺らしたかと思うと、どうっと仰《あお》向《む》けに倒れた。

同時にいくつかの悲鳴があがり、さらにそれらの悲鳴を圧して、英語の叫び声がひびきわたった。

「弑逆者《しいぎやくしや》の末路を見たか！」

第三章　半魚姫を追え！

I

悪夢というより、アメリカン・コミックみたいな光景だった。

半魚姫が王子さまを殺した。いや、正確には、半魚姫のキャラクターに扮《ふん》したテロリストが、メヴァト王国の第二王子を襲撃したのだ。

おそわれたカドガ殿下の生死は、まだ定かではない。だが、「朽木《くちき》を倒す」という表現そのままの倒れかたは、遠くから見ると、即死したとしか思えなかった。

半魚姫の扮装をしたまま、テロリストは叫んだ。あたかも勝ち誇るように。

「弑逆者《しいぎゃくしゃ》の末路を見たか！」

それは英語だったので、私にも理解できた。多くの人に理解できるよう、英語で叫んだのだろう。女性の声だった。優美な身体つきといい、たしかに女性だ。叫び終わって、周囲を見わたすと、彼女は身をひるがえした。その身ごなしといったら、上海《シャンハイ》雑技団のスターみたいだった。

「つかまえて!」

「医者を呼べ!」

「救急車だ!」

倒れた被害者の周囲では、混乱と狼狽《ろうばい》が渦巻《うずま》くばかりだった。

涼子とともに駆けつけて確認すると、カドガ殿下はまだ生命があった。こまかく全身を痙攣《けいれん》させている。マホガニー色の端整な顔から、さわやかな微笑はかき消され、右眼に突き立った串もこまかく震えている。口からは泡が噴《ふ》き出ていた。

カドガ殿下の侍医が蒼白《そうはく》な顔で、殿下の右眼に手を伸ばす。

「うかつに触れないで! 毒が塗ってあるわよ!」

鋭く注意したのは涼子だ。じつにめずらしいことだが、彼女はすぐ犯人の後を追わず、その場に残っていたのである。あわてて侍医は手を引っこめ、薄い手袋を取り出してはめた。手の慄《ふる》えをおさえながら、彼が引きぬいた串の長さは、二十センチほどもあった。

それを見て、私は、カドガ殿下が生命を失うであろうことを悟った。引きぬかれた串の長さから見て、そのおぞましい兇器がカドガ殿下の眼底《がんてい》を突き破り、脳に達したことがあきらかだったからだ。涼子が指摘したとおり、兇器に毒が塗ってあったとすれば、その毒は直接、脳に浸透したにちがいない。

カドガ殿下の死を宣告する侍医の声が、重苦しくひびいた。涼子は侍医の手から兇器をひったくり、興味津々《しんしん》でながめた。

「竹の串ね」

「ダンゴや焼き鳥なんかに使うやつですか」

「よく考えたものだわ。竹だったら金属探知機にひっかからないもの。毒だって、たぶんいくらでも入手可能なやつよ。誰か、これ鑑識にまわして」

涼子の推定は正しかった。後日、鑑識によって検出された毒はニコチンで、大量のタバコを煮つめることによって抽出《ちゅうしゅつ》されたものだったのだ。

室町由紀子はどこにいるのだろう。気になって私は周囲を見まわしたが、門のあたりで警備の指揮でもとっているのか、姿は見えなかった。ありがたいことに、うっとうしい岸本の姿も見えない。それにしても、このあと涼子はどう行動するつもりなのだろう。

悲痛な叫びがおこった。

「たったっ大変だ、大変だ、やっぱり不吉なことがおきてしまったあ……！」

声の主は千葉県警本部長であったが、悲劇の余波《よは》がおよぶのは、彼ひとりにとどまるはずがない。日本の国内で、外国からの公賓《こうひん》が殺されたのだ。日本政府が警備責任を問われるのはまぬがれなかった。

涼子が魔女のホホエミを浮かべる。

「あらあら、花火に乗って、お偉方《えらがた》の首がポンポン夜空へ飛んでいくのが見えるわ。千葉県警本部長に警備部長はモチロン、警察庁長官に警備局長、国家公安委員長だってどうなることやら。ひとつまちがうと、外務大臣も……あわせて十人じゃすまないわね」

涼子が他人の不幸を喜ぶのはともかく、たしかに日本警察にとっては悪夢の一夜であろう。その悪夢をもたらした犯人は、大混乱のなかを逃げているようだった。というのも、白雲姫やらシソデレラやらが着飾ってねり歩いているところで、たてつづけに悲鳴や奇声があがったからだ。

「あれー、やめてえ！」

白雲姫が悲鳴をあげてかがみこむ。その頭上を、半魚姫が高く跳《と》びこえていく。反射的にさえぎろうとして、ブラックベアの着ぐるみを着た人物があごのあたりを蹴られ、地ひびきをたててひっくりかえった。

「ひえー、助けて！」

シソデレラが右へ左へ走りまわる。

落花狼藉《ろうぜき》、という表現が適当かどうか。ファッション的にはハナヤカな光景だが、カドが殿下の暗殺犯は、そんなものに目もくれない。追いすがる制服警官の手をすりぬけ、右へ左へとかわして、彼方《かなた》へと走り去ったようだ。

涼子が意地悪くつぶやいた。

「さすが、包囲した犯人を取り逃すのは、千葉県警《こ》のお家芸だわね」

かつて千葉県警は、イギリス人女性を殺害した犯人ひとりを、九人がかりで包囲して、まんまと逃げられた、にがい過去がある。その失敗をくりかえしたら、県警への信頼は地に墜《お》ちるだろう。

千葉県警本部長やら警察庁警備局長やら、お偉方たちがヒステリックに叫びたてている。

「犯人を外へ出すな！」

「すべての門を封鎖しろ！」

「半魚姫をさがせ!」

「とりあえず白雲姫もつかまえておけ!」

狼狽しきった指示と命令が飛びかう。

「いつかもこんなことがあったけどさ、いったい誰が捜査の指揮をとるのかしらね」

涼子の左手には、スプーンをさしこんだブラウンベアの容器がにぎられたままである。高処《たかみ》の見物を決めこむつもりだろうか。

外務大臣が秘書をどなりつけている。

「何をぐずぐずしとる!? 報道管制を敷くんだ。絶対、この件を外に洩《も》らすな!」

「そ、それは不可能です。あんなに報道陣がいるんですよ」

「何が報道陣だ、芸能レポーターと称するハイエナどもじゃないか」

「そうはいいましても……」

「とにかく、やつらを集めろ!」

報道陣が集められた。男女あわせて、ざっと三百人。興奮して口々に叫びたてるのを、こわい表情《かお》で外務大臣が制した。

「報道関係の諸君、こちらが許可を出すまで、今夜の件は外に洩らさないでほしい」

「えー、どうしていけないんですかあ?」

無邪気な声で問いかける女性アナウンサーの顔は、私もＴＶで視《み》たことがあった。名前はよく知らないが、北海道の洞爺湖《とうやこ》で先進国首脳会議《サミット》が開かれたとき、「ホラジイ湖サミット」と読んだお人である。

「これは国家の安全保障上、重大な機密です。よって報道協定を結んでもらう。君たちの会社の上役に、何があったか伝えることも、当分は許可できない」

「国民の知る機会はどうなるんだ!?」

中年の男が叫んだ。芸能人に対してえらそうな態度をとることで有名なレポーターだ。外務大臣は目をむいて彼をにらんだ。

「これは国家の安全保障にかかわる問題だよ。ぜひともご諒解、ご協力をいただきたい。いずれきちんと公表させてもらうから、節度を守ってくださいよ、よろしいですな」

今回はどちらにも理があるな、と思っていたら、涼子がセセラ笑った。

「犯罪被害者や芸能人のプライバシーをあばきたてるハイエナと、国民より自分の地位のほうが大事な政治屋が、何を深刻ぶっているんだかねえ」

「だって、深刻な問題にはちがいないでしょう。国際的に、たいへんな騒ぎになりますよ。外務大臣もえらい災難ですね」

「同情する必要ないわよ。やりたくて外務大臣やってるんだから。だいたい……」

いいかけて、涼子が口を閉ざした。視線を向けた先に、バースカラ少佐がいる。カドガ殿下の侍従武官である。

私もバースカラ少佐を見やった。すぐ、異様さに気づいた。少佐は動揺の色も見せず、悠々と足を運び、外務大臣に近づいていく。眼の前でカドガ殿下を殺されたのだ。責任を問われ、重い罰を受けるべき立場なのに、なぜああも、おちついていられるのか。

「皆の者、騒ぐ必要はないぞ」

尊大《そんだい》な英語の声が、少佐の口から出てきた。

「予《よ》こそが真物《ほんもの》のカドガ王子である」

奇妙な静寂が、彼の周囲にひろがる。

「殺害されたのは、予の影武者《ダブル》じゃ。これまで侍従武官バースカラ少佐と名乗っていたのじゃが、それこそ、予の影武者の名。テロにそなえての深慮遠謀《しんりょえんぼう》が功を奏したのう。予の勝ちじゃ、いや、めでたいめでたい」

そっくりかえるバースカラ少佐、いや、自称「真物のカドガ王子」。

彼をとりまく日本人たちは、茫然として声も出ない。

II

「何じゃ、予のいうことを信じないのか」

日本人たちの反応が気にいらなかったのだろう、彼はいまや卵というよりフグのように膨《ふく》れあがっていた。猛然とまくしたてる。

「身長百五十五センチ、体重八十五キロ、ウェスト九十四センチの人間は、王子である資格がないと申すのか」

「い、いえ、けっしてそんな……」

「日本人は、人を体格や体型で差別するのか!?　美しい国とか品格ある国民とかいいながら、それではあまりに、いうこととやることが違うではないか」

「い、いや、差別とか区別とかではなくてですな……」

信用できるかどうかが問題なのだ。さすがに外務大臣が、あからさまに口に出せずにいると、ここでよけいなことをいう者がいる。

「殿下、日本人は人を体格や体型で差別したりいたしませんわ」

「マコトか？」

「ええ、日本人が人を差別するのは、血液型によってです」

「血液型じゃと？」

「ええ、日本人は血液型によって人を差別する、世界で唯一の国民なのですわ。ご存じありませんでした？」

あまりにも場ちがいなことをいい出したお騒がせな人物は、もちろんというべきかどうか、私の上司だった。カドガ殿下と自称する人物に対し、おちょくってやるだけの価値を見出したらしい。

もともと「人間の性格は血液型によって決まる」と珍妙な説を唱《とな》えたのは、日本人の奇矯《ききょう》な医学者だそうだが、昭和初期の日本陸軍がそれを真《ま》に受けて、兵士の血液型ごとに部隊を編成しようとした。A型の兵士だけで歩兵連隊をつくったり、B型の兵士だけ集めて砲兵大隊を編成したりしてみたのだが、みごとに失敗して、「こんな非科学的なもの、信用できるか」ということになった。

日本陸軍は滅びたが、なぜか血液型信仰だけは残った。昭和初期の日本陸軍よりも、二十一世紀の日本人のほうが、どうやらずっと非科学的らしい。

「というわけで、殿下、北朝鮮《ノース・コリア》のアワレな国民が悪辣《あくらつ》な独裁者を救世主と信じこんでいるように、多くの日本人は血液型が人間の性格や運命を決めると信じこんでおりますの。特定の血液型の持ち主は協調性に欠けるといわれ、仲間ハズレにされたりいたしますのよ」

「む、む、そうか、予の血液型はA型だが……いや、待て、そんなことはどうでもいい、予が真物《ほんもの》のカドガ王子であることを、日本人たちは信用せぬ。これはメヴァト王国に対する侮辱《ぶじょく》である。このままでは非常任理事国の件も再考する必要があるのう」

「あ、いや、それは……」

うろたえる外務大臣。すると、メヴァト人たちが進み出た。

「私たちが証言いたします」

首席侍従のインドリヤ氏が、おごそかに口を開いた。

「こちらのお方こそ、わが国の第二王子カドガ殿下にあられます。御仏《みほとけ》に誓って、まちがいございません」

外務大臣が口を五センチばかり尖《とが》らせた。ヒョットコのお面そっくりの顔になる。

「すると、あなた方は、カドガ殿下が影武者を使っておられるということを、承知しておられたんですか？」

「さよう」

「さようって……しかし、それじゃ、首相も私も、影武者をカドガ殿下と信じこんで敬意を表していたわけになりますぞ!」

外務大臣は「だまされた」といいたいのだろうが、そんな言葉を使ったら外交儀礼に反する。だから使えないが、口調に怒りがこもったのも、むりはない。

カドガ殿下は得意げに腹を突き出した。

「いや、日本政府には申しわけないことをしたが、それもこれもテロ対策。現に予の影武者は襲撃されたし、日本の警備陣はそれを防ぐことができなかった。これが事実にして現実と申すもの」

「しかし……」

「それとも、真物の予が殺されたほうがよかった、と申すのかな。そうなれば、わが国としては、日本政府の警備責任を問わざるをえぬ。いやいや、友好関係も経済交流もあったものではないて」

「…………」

「ま、明日、皇居を表敬訪問するのは、真物の予じゃ。外交儀礼上、何の問題もない。両国にとって、めでたいことではないか。うわっははははははは、はははははは、はははははは……」

豪快というより、傍若無人《ぼうじゃくぶじん》な笑声。外務大臣は苦虫《にがむし》をまとめて三十匹ぐらい嚙《か》みつぶしたが、外国の王族に対してそれ以上、反駁《はんばく》するわけにもいかなかった。影武者など使われたのには腹が立つが、実際に殺されたのが真物のカドガ殿下だったとしたら、日本政府はもっと困難な立場に追いこまれていたはずだ。ここは我慢するしかない。

「いや、わかりました」

外務大臣は、ひきつった笑いを浮かべた。額《ひたい》の汗をふいたハンカチには、ザナドゥ・ランドのキャラクター「ホワイトラット」が描かれている。

「しかし、今夜の件、公式発表はどうすればいいか……」

外務大臣でなくとも、頭の痛い問題であるにちがいない。だが、ここでまた、日本人の魔女が口をはさんだ。

「事実を公表すればよろしいと思いますけど」

簡単そうに、薬師寺涼子がいってのける。

「匿《かく》すべきことは、ただ一点。カドガ殿下が影武者を使っておいでだったということです。それ以外は匿す必要なんてないでしょう。テロリストが殿下の暗殺を図《はか》ったが失敗、かわりに侍従武官が殺された……」

皮肉っぽく、外務大臣を見やる。

「その事実を公表すればいいでしょう。嘘は一言もついていませんもの」

「で、ですが……」

顔を赤黒くして、千葉県警本部長がいいかけたが、外務大臣が手をあげて彼を制した。

「いや、そうするしかなかろう。残念だが、今後、カドガ殿下はメディアにはいっさい登場なさらないようにする。テロに対処するため、今後、殿下の行動はすべて秘密、非公開ということにするんだ。この件に非協力なメディアはテロリストの味方だ、ということを強調したまえ」

Ⅲ

このあたりの決断は、さすがに官僚レベルを超《こ》えた政治家のものだ。根底《こんてい》には保身があるにちがいないが、とにかくこれで方針はさだまった。

外務大臣は王子さまに向きなおった。

「では真物のカドガ殿下は、明日、皇居を表敬訪問なさるわけで、今夜のところはただちにホテルへお送りいたします」

「いやじゃ」

「な、何ですと」

外務大臣の口が開きっぱなしになった。

「いやじゃというた。いずれわが国にもザナドゥ・ランドを誘致する所存《しょぞん》じゃが、実現に五年か十年はかかる。はるばる日本くんだりまでやって来たのも、ザナドゥ・ランドで遊びたいからこそ。一時間もたたずに帰ってなるものか。断じて予は帰らぬぞ」

「し、しかしですな、殿下、テロリストはまだつかまってはおりません。御身《おんみ》が危険ですぞ。ここはひとつ警護の者をつけますので、どうかお帰りください」

このときばかりは、外務大臣が常識人のように見えた。日本政府の閣僚が常識人に見えるなんて、じつにめずらしい経験である。とくに現在の内閣は「ベビーギャング内閣」と呼ばれ、能力的にもモラル的にも史上最低級といわれているのだから。

「他人の迷惑もかえりみず、非常識なやつよねえ」

鏡に映《うつ》った自分に向かって、ツバを吐くような意見を述べたのは、私の上司である。

「まったくです。ワガママで他人迷惑な上司は、地上にひとりで充分です」

「君、このごろ舌にトゲが生《は》えてきたんじゃない？」

「いいえ、まだ修業中の身ですよ」

いいながら腕時計を見ると、午後八時半だった。ザナドゥ・ランドの門をくぐって、まだ三十分だというのに、アジア現代史の一部が大きく変わってしまった。そう思いつつ、私は何とも非現実的な感覚を振り払うことができなかった。

夢を売る巨大遊園地の内部で一国の王子さまが殺された。と思ったら、殺されたのは偽者《にせもの》だった。園内では警察が血相かえて犯人を追いまわし、そのことを園外の人々はまったく知らない。

すべてがつくりごとめいて、嘘くさく感じられるのだった。もっとも、政治なんてものがからむと、何ごともそう感じられるのかもしれないが。

「ところで、今夜の件についてじゃがな」

カドガ殿下がまたもヒゲをひねっている。

「予には少々、心あたりがある」

「と申されますと？」

「予をねらっているのは兄じゃ」

「え!?」

「兄のジャンガ王太子が、予の身をねらっておるのじゃ。これは重大な国家機密であるが、そなたらを信頼して、うちあけるのであるぞよ」

「は、はあ……」

「ゼガヒデモ、予の信頼に応《こた》えてくれよ」

「し、信頼といわれても……」

外務大臣の左右の眼球が、勢いよく動きまわる。狼狽《ろうばい》と困惑。外務大臣でなくても、そうなるだろう。うかつなマネをすれば、日本政府はメヴァト王国の第一王子と第二王子との抗争に巻きこまれてしまう。カドガ殿下（と称する人物）に一方的に国家機密とやらを打ちあけられても、迷惑なだけであろう。

外務大臣は困惑のあげく、救いを求めるように涼子を見やったが、魔女が知らん顔をしているので、しかたなく自分で質問した。

「そ、それでなぜ兄君がカドガ殿下を狙《ねら》うのですか」

「わからぬか」

「わかりません」

「そなたはメヴァト王室の事情にくわしくないと見えるな。外交を担当する大臣として、不勉強じゃぞ」

「申しわけありません」

　外務大臣はハンカチで顔をなでまわす。たしかに好きこのんで政治家をやっているのだろうが、ここまで耐えねばならないのは、さすがに気の毒である。

「事情を知りたくば、教えてつかわすぞ」

「…………」

「知りたくないのか」

「あ、はい、ぜひ知りたく存じます」

　このチョビ髭の王子さまは、つくづく、薬師寺涼子と似た性格の持ち主のようだ。私はそう思ったが、当の涼子はカドガ殿下に仲間意識など抱いていないようである。王子さまを見やる瞳は美しいが、たっぷり毒をふくんでいた。

「どうしても知りたいのじゃな」

「は、はい」

「では教えてつかわす。国家機密じゃによって、ココロして聴《き》くのじゃぞ」

「ははっ、ありがたきシアワセ」

　外務大臣はヤケッパチで一礼する。カドガ殿下は、左右の眼球をやたらと回転させながら、すこしだけ声を低めた。

「じつはの、兄は弟である予にシットしておるのじゃ」

「は!?」

外務大臣が一段と口もとをひんまげる。

「何せ、王国はひとつ、玉座《ぎょくざ》はひとつ。兄弟が同時に王位に即《つ》くわけにはいかんでのう。いわば宿命の対立というわけじゃて」

「そ、それにしても、なぜ兄君が殿下にシットなさるので？」

「わからぬか」

「わかりません。ぜひ知りたく存じます」

これほど重大な話を、私なんかの前でしてよいのだろうか。そう思うのだが、外務大臣はすっかり平常心をうしなっているようで、人払いもしようとしない。

「それはな、予のほうが兄よりすべてにおいて勝《まさ》っておるからじゃ」

「勝って……」

「容貌、才能、人望、どれをとっても兄は……」

「あんたより下なの？」

そっけなく、涼子がカドガ殿下の話をさえぎる。王族に対する礼節など、冥王星軌《めいおうせい》道の外側へ放り出している。カドガ殿下は五、六回くりかえして瞬《まばた》きしたが、外務大臣が黙っているので、ひとつ咳払《せきばら》いしてうなずいた。

「さよう、そのとおりじゃ」

「ハッ」

と、涼子は王子さまをあざ笑った。

「王統連綿《れんめん》六百年、よくつづいたものだけど、メヴァト王国もどうやらお終《しま》いね。あんたたちの代で終わると決まったわ！」

Ⅳ

不吉な女予言者《カサンドラ》のごとく言いはなった涼子は、カドガ殿下にまっこうから指を突きつけた。

「あんたが王族としての度量を、いえ、それ以前に地球人としてマトモな心を持っているというのならさ、あんたの身替《みが》わりになって殺された侍従武官に対して、何かヒトコトあって然《しか》るべきじゃないの？」

「ヒトコトというのは、感謝の言葉か？」

「それぐらい、自分で判断なさいよ」

「くだらん」

言下《げんか》にいいすてて、カドガ殿下は指先でヒゲをひねった。

「予は王族で、あやつは臣民《しんみん》じゃ。メヴァト国はわが王家の所有物《もの》で、臣民の生命も王家のもの。臣民の分際《ブンザイ》で王族の身替りになれるなど、名誉のきわみではないか。やつは心の中で『王室ばんざい』と叫んでいたにちがいない。予からヒトコトいう必要など、どこにある？」

涼子は答えなかった。軽蔑の視線をカドガ殿下に突き刺すと、くるりと背中を向ける。

「いこう、泉田クン」

「はい」

「いい返事ね。そうよ、これ以上こんなところにいたら、耳から毒が流れこんでハラワタが腐っちゃうからね」

涼子が歩き出す。カドガ殿下も外務大臣も無言だった。私はなぜか昂然《こうぜん》たる気分で、彼女にしたがった。

「ところで、どちらへ？」

「まず『ポオの館』、つぎに『ダイナソー・キングダム』」

「そこに犯人がいると？」

涼子は、じろりと私を見た。

「誰がそんなことといったのさ」

「は？　だったら何で……」

「決まってるじゃないの。アトラクションを娯《たの》しむのよ」

「遊ぶ気ですか!?」

「遊園地は遊ぶところよ」

「半魚姫は追わないんですか」

「千葉県警がやるでしょ。それに、あたしは、あのチョビヒゲ王子のために指一本動かす気はないからね。呂芳春《ルイ・ファンチュン》、いる？」

「はあい、ここにおりますう」

返事がしたので振り向くと、貝塚さとみ巡査が手を振っている。左に丸岡警部、右に阿部巡査。先ほどから、手に汗にぎって、一連の情景を見守っていたらしい。

「それじゃ独自の捜査をすすめるわよ。みんな、ついておいで。いいのよ、だいたい今夜ここを借り切ったのは、あたしなんだから」

四人の部下を左右にしたがえて、魔女王《ウイッチ・クイーン》は颯爽《さっそう》と歩いていく。背後にとりのこされた日本とメヴァトの俗物たちの視線が、しばらく私たちの背中に貼りついていた。

二分ほど歩くと、最初の目的地に着いた。それは『風と共に去りぬ』にでも出てきそうな、アメリカ南部の大荘園主の館を模《も》した白亜の建物だった。

ポオの館。

エドガー・アラン・ポーの作品世界を再現した、怪奇と幻想の館なんだそうである。建物はアッシャー家を模しているわけだ。入口には当然、スタッフがいて、二、三人の警官もいたが、涼子がＶＩＰカードを、他の四人が警察手帳を示すと、当惑しつつ通してくれた。

薄暗い玄関ホールにはいると、ロボットだろう、黒々とした大ガラスが羽ばたきで迎えた。涼子が問いかける。

「あやしいやつが、ここに来た？」

「知ったことか《ネバーモアー》」

大ガラスが陰気に答える。どう問われようと、かならずそう答えるようプログラムされているのだ。涼子はひとつ肩をすくめると、ホールから奥へはいっていった。

つぎの空間では、巨大な振子《ふりこ》に刃《やいば》がしこまれていて、鎖《くさり》にしばられた蠟《ろう》人形をまっぷたつにしようとしている。ポオの作品に登場する場面だが、これはたしかに、子どもよりオトナ向けのアトラクションにちがいない。

いきなり音がした。重くて鋭い、大時計の音がひびきわたったのだ。同時に振子がブーンと空気を鳴らし、急降下とともに、蠟人形の首を斬り落とした。

「うわあ、ハードですね……！」

貝塚さとみが歎声《たんせい》を上げる。「こりゃ小さな子には見せられんなあ」と丸岡警部がつぶやき、「そうっスね」と阿部巡査がうなずいて同意する。

「泉田クン、何を考えてるの？」

涼子に、不意に問いかけられた。

「もちろん、半魚姫の姿をしたテロリストのことです」

「君も遊べない男ねえ！　せっかくつれてきてやってるのに……」

「すみません、でもちょっと気になることがあるんですが」

「しかたない、いってごらん」

「暗殺未遂犯はメヴァト人でしょうか」

「たぶんね」

「メヴァト人だったら、カドガ殿下の顔を知っているはずです。影武者を狙ったりするでしょうか。そっくりの影武者ならまだしも、あんなに顔がちがうんですよ」

「たしかにね」

「そうでしょう？」

「あたしとお由紀とをまちがえるようなモンだものね。月とスッポン、ダイヤと石炭、まったくどうやってまちがえることができるのやら。それとも、メヴァト国内でも影武者を使っていた？　まさか、そこまではね」

「真物をねらって影武者に命中してしまったのかもしれません」

「だとしたら、もっと残念がるんじゃないの？」

「あるいは、騒ぎをおこして日本とメヴァトの間を離反させるのが目的だったのかもしれません。だとしたら、殺すのは真物でも影武者でもよかったのかも……」

「何だかさ、泉田クン、政治家になったみたい」

「タチの悪い冗談はやめてください、そんなことはありませんよ」

　ムキになって否定したが、気になる点であるにはちがいない。

「弑逆者《しいぎゃくしゃ》の末路を見たか！」

　という台詞《せりふ》を信じるなら、カドガ殿下をねらった暗殺者は、前国王ルドラ三世の支持者ということになる。皆殺しにされた前国王一家の仇《かたき》を、忠臣がとったのだろうか。だとしたら、前国王一家皆殺しの真犯人は、やはり現国王ビクラム二世一家ということになるのだろうか……。

公賓がテロリストに暗殺されそうになった、というだけで、日本政府にとっては失点である。さらには、ひとつまちがえば他国の王室の内紛に巻きこまれてしまうだろう。

「つくづく、やっかいなことになりましたね。政治家でないことを感謝したい心境ですよ」

「稀少金属《レアメタル》の利権なんかに目がくらんで、軽率に友好関係なんぞ結ぶからこうなるのよ。友達は選ばなきゃねえ、オトナなら」

薬師寺涼子警視は、ご機嫌うるわしい。お偉方の不幸ほど、邪悪な満足感を彼女にもたらすものはないのだ。

ひとつ高笑いすると、彼女は奇術師のような手つきで何かを取り出した。携帯電話をずっと小さくしたような器械に、私は心あたりがある。

「もしかして、それは……」

「そ、隠しマイクの受信器よ。もちろん新製品」

「そんなもの誰につけたんです?」

「やっぱり最新式の商品は、市販する前に、試験的に使ってみないとねえ」

「だから、そんなもの誰につけたんです!?」

「誰だと思う？」

「カドガ殿下ですか、真物の？」

「はずれ。明日、銀座でハンガリー料理をおごるのは君ね」

「そんなこと、いつ決めたんですか!?」

「カドガのやつに隠しマイクなんかつけたって、メヴァト語で会話されたら何もわかりゃしないでしょ」

いっこうに嚙《か》みあわない会話のあげく、涼子が隠しマイクをつけた相手は外務大臣であることがわかった。

受信器から会話の声が流れ出る。外務大臣が思いきり口もとをゆがめたような声でいっている。

「君、クビにならずにすみそうだな」

「は、はい、おかげさまで」

卑屈な声で答えているのは、どうやら警察庁警備局長らしい。たしかに真物のカドガ殿下が殺されていれば、更迭《こうてつ》はまぬがれないところだ。

「しかしまあ、考えてみれば危ないところだった。影武者を皇居に案内したりしたら、こちらのクビが危ない。カドガ殿下のやることなすこと、腹の立つかぎりだが、こうなったらサッサと用をすませて、トットと日本を出ていってもらおう」

「そ、それが最善の策でございますですな」

「君のほうは、それですまんだろ」

「へ？」

「パッパと犯人をつかまえろといっとるんだ！　もし逃がしたら警察の恥だぞ！」

涼子は受信器のスイッチを切ると、無言で歩き出した。

V

「ザナドゥ・ランドの門は閉じているけど、ずっと照明がついてるな」

「貸し切りになってるらしいぞ」

「貸し切り!?　いったい誰が？」

「お前、ニュースぐらいたまには見ろよ。どこかの国の王子さまが日本に来てたろ」

「ああ、あれか」

「すいぶん金持ちの国らしいからさ、金銭《かね》の使途《つかいみち》にこまってるんじゃねえの」

「だったら、すこし、おれたちにまわしてくれないかなあ」

「それこそ究極のムダづかいだろ」

　巨大遊園地の外側では、人々がそんな会話をかわしていた、かもしれない。内側は、この世の天国どころか、殺人とその後始末をめぐって、右往左往《うおうさおう》の大騒ぎだった。土曜日ともなれば七万人の客があふれ、ひとつの都市ほどの人口が集まる。だが、いまはネオンのかがやきわたる広大な敷地に、客とスタッフ、警備陣をあわせて二千人ほどがいるだけだ。

　無人のまま、アトラクションは動きつづけている。停止させたら、異変が外部に知られてしまうからだ。

「ザナドゥ・ランドの地下には、ＶＩＰ専用の秘密クラブがある、という噂がありますね」

「あるわよ。公開してないだけ。だからこそ秘密なんだけどさ」

「はあ、都市伝説が事実の場合もあるんですねえ」

「大きな事実を隠すために、ささやかな都市伝説を流す場合もあるわ」

「ＶＩＰルームで、麻薬プレイだの乱交パーティーだのがおこなわれてるんですか？」

「さあて、どうかしらね」

五人の勇者、とはとても見えない。あやしげな五人組というべきだろう。警視庁刑事部参事官室の五人は、ポオの館を出て、ダイナソー・キングダムへと向かっていた。頭上で遠雷のような音がひびくのは、いわゆる「絶叫マシン」として知られる超高速三回転のコースターだ。無人のまま夜空をたけだけしく滑走している。

「あれには乗らないんですか？」

「あたしは、いわゆる絶叫マシンは好まないの」

これは意外だった。スリルは彼女の人生の重要な一部だと思っていたので。

「だって、コースター型にしろ垂直落下型にしろ、絶叫マシンって、絶対安全が前提条件でしょ？」

「それはそうですよ。事故がおきたら大変です」

「そうよねえ。で、絶対安全なスリルって、いったい何？」

「は？」

何といわれてもなあ、と思っていると、私の上司は、嫌みたっぷりに自分で説明した。

「スリルっていうのは、不安や恐怖の感情をかきたてることでしょ。絶対安全が保証されていて、どうやってスリルが生まれるのさ。そんなスリル、安っぽい偽物《にせもの》に決まってるじゃない」

「はあ、ごもっともだとは思いますが、安全を前提にした恐怖を否定したら、ほとんどの娯楽が成立しませんよ。絶叫マシンだけじゃなくて、お化け屋敷も、ホラー映画も、怪奇小説も、現実に自分の身が安全だからこそ……」

「あのさ」

「はい？」

「あたしは君と、スリルの本質について議論する気なんかないの。絶叫マシンに乗ってキャーキャー騒いでいる連中が気にくわないから、イヤミをいってるだけ」

「はあ」

「だから君は、ハイハイといって受け流してりゃいいの。正論なんかいわなくてよろしい」

「わかりました」

「そんなことよりさ」

涼子は微妙に声をひそめた。

「さっきから、あたしたちのまわりをうろうろしている人影があるんだけどね」

「え、警官じゃありませんか」

「と最初は思ったんだけどさ、銀色のボディタイツを着てるみたいなんだ」

「それは……」

「どうみても、半魚姫のお姉ちゃんよね」

涼子の手が、すでに拳銃を引きぬいている。ドイツ製のＳＩＧ・ＳＡＵＥＲ・Ｐ２３０日本《ＪＰ》警察仕様というやつだ。三十二口径、八連発である。

この女性キャリア官僚は、自分が必要だとさえ思えば、リゾートだろうと遊園地だろうと、拳銃を持ち歩く。そして、どんな危険な状況であろうと、自分が先頭に立つ。気性か主義か、たぶん両方だと思うが、この彼女の姿勢からいうと、テロをおそれて影武者なんぞ立てるカドガ殿下に、好意を持つはずはない。

「どんなつもりか知らないけど、ウロチョロするならつかまえてやる」

「うかつに進まないでください。相手が例の毒串《どくぐし》を持っていて、いきなり投げつけてきたら、ふせげないかもしれませんよ」

私たちはそれほど大きな声で話していたわけではない。だから、左右にいる丸岡警部、貝塚巡査、阿部巡査ぐらいにしか聞こえないはずだったのだが。

「あんなもの、一本しか持ってないよ」

からかうような声は、はるか頭上から降ってきた。すこし癖はあるが、日本語だった。私たちはいっせいに上空を見あげた。

半魚姫だった。そうとしか呼びようがない。扮装《ふんそう》を解いていないのだ。頭上二十メートルほどの高みを、二人乗り《カップル》の小さなゴンドラがゆっくり動いている。その屋根の上に、半魚姫が腰をおろし、両脚をぶらぶらさせていた。いったいどうやって、そんな場所に乗ったのだろう。

あっけにとられて立ちつくす日本人たちの頭上から、さらに笑声が降りそそぐ。

「ご苦労なことだよね。お前らは知らないんだ。メヴァト王室の秘密をさ」

「あら、知ってるわよ」

涼子がゴンドラへ声を投げあげた。

「要するに、現国王が兄である前国王の一家十四人を皆殺しにして、王位を簒奪《さんだつ》したってんでしょ？　秘密といったって、公然の秘密。べつに教えてもらう必要はないわね」

ゴンドラは空をすべっていき、涼子をはじめとする五人はそれを見あげながら小走りに地上を移動する。どうも差をつけられたようで、私でさえ愉快ではない。涼子はさぞおもしろくない気分だろう。

「やはり、お前たちは知らない」

半魚姫はゴンドラの屋根に、かるがると立ちあがった。墜落する心配などしていないらしい。

「そんなこと、秘密であるものか。日本人の女、お前がいったとおりさ。メヴァト人も外国人も、みんな知っている。そして、知らないふりをしているのさ」

ちらりと私を見てから、涼子はゴンドラに視線と声を投げつけた。

「それじゃ、いったいどんな秘密を、あたしたちが知らないっていうの？」

「古い古い秘密だ」

半魚姫はまた笑った。今度は低く。

「メヴァトの建国より、もっと古い……もっとおぞましい秘密さ」

涼子の声に鋭さが加わった。

「古かろうが、あたらしかろうが、秘密と謎のすべては、あたしの足もとにひざまずく。さっさと降りておいで。取調室で、言分《イイブン》をきっちり聴いてあげるから」

「いやだね。つかまえられるものなら、つかまえてごらん」

ゴンドラが移動していく先は、ダイナソー・キングダムだ。遠雷のような音が夜を引き裂いてとどろきはじめた。
それはティラノザウルスの咆哮《ほうこう》だった。

第四章　不思議の国の公務員

I

東京ザナドゥ・ランドをおとずれるお父さんやお兄さん、つまり成人男性客の人気は、白雲姫より半魚姫のほうが、ずっと高いという。それはそうだろう、白雲姫のふわふわした雲みたいなドレスより、銀色にきらめく半魚姫のボディタイツのほうが、ずっとセクシーである。通勤ラッシュなみの長い行列に耐えるお父さんたちは、半魚姫の脚線美をながめて心のカテにしているにちがいない。

その半魚姫が、人を殺して警察に追われている。お父さんたちはさぞ心を傷《いた》めることだろう。いや、もちろん真物《ほんもの》の半魚姫ではなくて、それに扮装した若い女性だが、本名がわからないから、半魚姫と呼ぶしかないのだった。

「ぐずぐずせずに、追いかけるのよ!」

 どなりたてる上司に向かって、私は、先刻から気になっていたことを口にした。

「ひとつうかがいたいのですが」

「何よッ」

「あのチョビヒゲ王子のためには、指一本動かさない。そうおっしゃっていたのに、ずいぶん熱心にテロリストを追いかけていらっしゃるのはなぜです？」

上司は即答した。

「チョビヒゲ王子なんかのためじゃないわ。あたしのためよ」

「といいますと？」

ダイナソー・キングダムと名づけられた巨大なドームの入口から奥へ、軽快な早足で進みながら、薬師寺涼子は言い放った。

「あの半魚姫をとっつかまえて、全部吐かせてやる。あいつ、あの口ぶりだと、いろいろ知ってるにちがいないわ。チョビヒゲ王子とその一族にとって、知られるとまずいことを、たっぷりとね」

「それを知りたいと？」

「そうよ。真相を知りたい。その知的探究心が、本能のごとく、あたしを駆りたてるの。わかるでしょ？」

「わかるところもあります」

本能だということは納得できるが、知的探究心については留保したい。私の反応が、上司は気にくわなかったらしいが、さしあたってはトガメダテしている場合ではなかった。

何頭もの恐竜がうごめいている。直立歩行する巨大な爬虫類《はちゆうるい》の群れ。ティラノザウルスにイグアノドン、ステゴザウルスにトリケラトプス。あと、私の貧しい知識では追いつけない何種類か。

もちろん真物《ほんもの》ではない。機械じかけの人工物体だ。それでも、熱帯性の植物群を縫《ぬ》うように動きまわる姿は、迫力に満ちていた。

ちなみに、一般的にいってロボットに関する技術は日本が世界でもっともすぐれているが、例外がふたつあるそうだ。ひとつは戦場で使用される戦闘・殺人用ロボットで、アメリカ国防省高等研究局が世界最先端の技術を開発している。もうひとつは博物館などで展示される恐竜ロボットで、こちらはイギリスが世界一だとか。そういえば、アルバイト代をためて卒業旅行でイギリスへいったとき、ロンドン自然史博物館の恐竜群を見て感歎《かんたん》したものである。真物の化石も、復元されたものも、ロボットも、じつにみごとだった。

あのころは警察官になることに、希望とアコガレを抱いていたっけ。過去はなつかしく、現実はきびしく、未来はハカナイものである。

十五頭の実物大の恐竜が登場するこのアトラクションは、三十分間で七百万ドルの製作費を必要とするそうだ。一日五万人の客に特別料金を支払わせ、高価な関連グッズを買いまくらせ、他のアトラクションの料金に上乗せして、原価《もと》がとれる。すくなくとも、資金と技術を惜しんでいないのはたしかなようだ。

「惜しむ必要ないわよ。客が全額、負担してくれるんだからさ」

「つまり客は満足してるわけでしょう？　だったらそれでいいじゃありませんか」

「あら、ザナドゥ・ランドの商売を擁護《ようご》するの？」

「成りゆきです、気にしないでください」

化石から恐竜の骨格や身体構造はわかるが、皮膚の色はわからない。だからティラノザウルスの皮膚の色が、じつはショッキングピンクだったとしても、六千五百万年後の人間にはわからないのだ。ただ、コモドドラゴンやクロコダイルのような爬虫類にしろ、ゾウやサイのような哺乳類《ほにゅうるい》にしろ、大型の動物はあまりハデな色の皮膚は持っていない。だいたい灰色とか褐色《かっしょく》とかだ。よって、再現される恐竜の色彩も、それに倣《なら》って地味な色になる。

「何だか恐竜探検隊みたいですねえ」

「子どものころ見た映画を思い出すよ」

「気をつけてください、どこに犯人がひそんでいるか……」

歩きつつ会話をかわしていると、突然、頭上で雷鳴がとどろいた。いや、恐竜の声だ。ティラノザウルスが両眼を赤く光らせ、滑稽《こっけい》なほど小さい前肢《まえあし》で宙をかきむしる。床が鳴りひびいたのは、強力な尻尾《しっぽ》のひと打ちだ。草食恐竜たちが不安そうに鳴きかわす。阿部巡査が叫んだ。

「あっ、あそこにいた……!」

ティラノザウルスの咆哮《ほうこう》によって、会話がかき消されてしまう。一方で耳をおさえながら、他方では大声でどなりあうことになる。かなりマヌケな光景だ。

阿部巡査が視線を固定させた。オペラ歌手なみの肺活量で、涼子に向かって声を張りあげる。

「あそこです、あそこです」

「どこよ」

「ティラノザウルスの背中ですよ!」

阿部巡査が太い指を伸ばした。全員の視線が集中する。肉食恐竜の背中から頭部へ、するすると登っていく人影が見えた。

「何てやつなの、信じられない」

「身が軽いですね」

私はそう応じたが、涼子がいいたかったのは、そういう平凡な感想ではなかった。

「あいつひとりのティラノザウルスだとでも思ってるの！　これ見よがしなマネしてさ！」

ティラノザウルスの尻尾をハイヒールで踏みつける。もしかして、このティラノザウルスはあたしのもの、とでもいいたいのだろうか。

「こらあ、おとなしくオナワをちょうだいしろ！」

涼子がどなる。

返ってきたのは、涼しげな笑声だった。からかうようでもあり、あきれているようでもある。右往左往《うおうさおう》する警察官たちを、半魚姫は皮肉っぽく見おろしていたが、やおらティラノザウルスの頭部に両手をつくと、かるがると全身を持ちあげた。

逆立《さかだ》ちしたのだ。ティラノザウルスの頭の上で。

あっけにとられた警察官たちの視線を受けて、半魚姫は左手をあげた。右手だけで逆立ちしながら、形のいい両脚をひろげてみせる。おみごとな曲芸ぶりであった。

「何のつもりよ、あいつ!?」

「観客にサービスしてるんでしょう」

あらためて私は半魚姫の姿に目をこらした。

小麦色の肌に、深く彫りこんだような目鼻立ち。こころもち厚めの唇。挑発するかのような目つき。二十一世紀にはいって、とみに評価の高まった南国風のアジアン・ビューティーだ。

国際的な美人コンテストに参加しても、上位で入選できるかもしれない。ただしその正体は、毒を塗った竹串を他人の眼球に容赦《ようしゃ》なく突き立てるテロリストだが、

「あんな美人になら殺されてもいいや」

とつい思ってしまうのが、男という生物の愚かさである。

薬師寺涼子は横暴でワガママだが、その種の愚かさとは無縁だ。敵意と戦意を全身にみなぎらせ、まさに肉食恐竜の尾から背へ駆け上ろうとする。

突然。

黒いヴェールが私の視力をうばった。照明が消えたのだ。一瞬だけ、私の上司は立ちつくした。

「泉田クン、いっしょにおいで。他のみんなは入口を封鎖！　半魚姫のやつを外に出さないで！」

オレンジ色の非常灯がつく。ないよりましというていどの明るさでしかない。

「まんまとターゲットを斃《たお》したみたいだけど、勝ち誇るのは早いわよ。弑逆者に正義の一撃を加えたつもりなら、こそこそ逃げまわったりせず、堂々と法廷で主張したらどうなのさ」

好戦的に挑発しているようで、涼子はぬかりなく戦略的な計算を立てている。そのことが私にはわかった。

半魚姫が殺したのは偽《にせ》のカドガ王子であり、影武者であること。その事実を、涼子は口にしなかった。成功したと思いこんでいるテロリストに、わざわざ事実を教えてやる必要はない。彼女の身柄を確保するまでは。

暗いオレンジ色の照明の下、半魚姫の影がティラノザウルスの頭上からダイビングするのが見えた。宙で一回転し、熱帯植物の繁みへと舞いおりる。そのときすでに涼子はティラノザウルスの背中の半ばまで上っていたが、ひとつ舌打ちすると、ためらいなく身を躍《おど》らせて床に降り立った。

私は先ほどからおどろきっぱなしだった。薬師寺涼子に匹敵する身体能力の所有者が、東京近辺に存在するとは思わなかったのだ。

ふたりの美女の背中に、羽が生《は》えてないのが不思議なくらいだった。ただし羽の種類はちがう。涼子の場合は、黒い光沢《こうたく》を持つコウモリ、いや、悪魔の羽。半魚姫のほうも、天使の羽ではなくて、トンボかトビウオか、銀色にかがやく半透明の羽だ。

半魚姫の姿が床を疾《はし》って、べつの恐竜の蔭《かげ》に隠れようとする。ステゴザウルスだ。

上司に一歩おくれて、私も、背中に巨大なトゲをはやした小山のような草食恐竜に走り寄った。

II

ステゴザウルスの巨体を、私は右まわりに迂回《うかい》した。自分自身の靴音にまじって、かたく軽快な涼子の足音も聞こえる。彼女は左まわりにステゴザウルスの背後にまわって、私とふたりで半魚姫を挟撃《きょうげき》する態勢だ。

暗いので、半ば手さぐり状態ではあった。だが、行手に人影がいることはわかる。

私はすこし姿勢を低くし、踵《かかと》を浮かせて接近すると、無言でつかみかかった。つかまえた！

「ちょっと、ちがうでしょ」

奇妙に静かな声は、上司のものだった。

私は正面から上司と抱きあってしまったのだ。胸には、はっきりと、生々《いきいき》とした弾力を感じた。唇にも何か心地よいものが触れたような気がしたが、一瞬、いや、それ未満のことで、よくわからない。

「しっしっ失礼しましたッ」

両手をひろげて後方へ跳《と》ぶ。涼子は私には目もくれず、青い夜光玉《やこうぎょく》のような眼光で闇をなぎはらった。

「あいつはどこへいったのよ!?」

涼子と私は、ステゴザウルスの背後で、右と左から、半魚姫をはさみうちしたはずだった。私が抱きついたのは、いや、組みついて押さえつけるはずだったのは、逃走をもくろむ女性テロリストだ。だが、彼女は忽然《こつぜん》と姿を消し、ふたりの追跡者が正面からぶつかる形になってしまったのだ。

「消えた……んですかね」

茫然として私がうめくと、涼子が毅然《きぜん》として一喝した。

「あいつが消えるわけない！　黒板の文字じゃあるまいし、地球人がそう簡単に消えるもんですか。みんなの話を聴《き》いてみてよ！」

私は振り向いて三、四歩あるき、同僚たちに声をかけた。当惑した返答がもどってきて、丸岡警部も阿部巡査も、そして貝塚さとみも、入口には誰も来なかった、と証言する。

柳眉《りゅうび》をひそめて何秒間か考えこんだ涼子だが、たちまちターゲットをさだめたらしい。無言のままヒールを鳴らして歩き出す。

二分四十秒後、かろやかに回転するメリーゴーラウンドの前で、ネクタイをしめあげられる中年男の悲鳴がひびいた。東京ザナドゥ・キングダムの副社長である。

「さあ、キリキリ白状おし！　ダイナソー・キングダムには緊急脱出用の非公開の通路があるんでしょ!?　かくすとタメにならないわよ！」

「お、お話しします。ですから、ですから、しゃべれるようにしてください、苦しい……」

もっともな要求である。涼子は舌打ちして、副社長の咽喉《のど》もとをしめあげる手をゆるめた。副社長は音をたてて空気をむさぼる。

「秘密の通路があるのね？」

「は、はい……」

「アルバイトの人も、そのことは知ってるの？」

「し、知るわけがありません。正社員のなかでも、ごく一部の者しか……」

「半魚姫は知ってたじゃないの」

「どうして知ってたんでしょう？」

「尋《き》いてるのは、こっちよ！」

「あっ、やめて、しめないで。こ、このネクタイはパリで買ったもので……」

　夢の王国ザナドゥ・ランドの首脳として、何百万人もの客と何千人ものスタッフの上に立つ副社長も、薬師寺涼子の魔手にかかっては、あわれなものだ。ネクタイをつかんで振りまわされ、メリーゴーラウンドとおなじ速さで回転した。

「とにかく、警備管理センターへ案内おし！」

「しますします」

「あの半魚姫、好色《スケベ》な役員をたぶらかしたか、コンピューター・システムに不正侵入したか知らないけど、とにかく非常脱出口を知ってたのよ。誰が押しつけられるにしても、責任をとる役員を用意しておくのね！」

　涼子にネクタイをつかまれたまま、副社長は一同を警備管理センターへと案内した。

それは白雲姫の宮殿の地下にあった。ロワール河の畔《ほとり》にでも建っていそうな、近世フランス風の城館《シャトー》だ。「関係者以外立入禁止《スタッフ・オンリー》」と記された金属製のドアの前に、制服警官が二名立っていたが、涼子のひとにらみで、あわててしりぞいた。

エレベーターで地下に降りると、また警官たちがいた。壁には百をこすモニター画面がならび、操作卓《コンソール》の前にはオレンジ色の制服を着たザナドゥ・ランドのスタッフたちがむらがっている。そしてきびきびと指示を下しているのは室町由紀子だった。

「ザナドゥ・ランド内の見取り図を画面に出して。監視カメラのモニターは、すべてVTRを提出してもらいます。いそいで！　抗議は後で受けつけますから」

カドガ殿下や外務大臣の姿はない。こんな場所に用はないのだろう。颯爽《さっそう》たる宿敵《ライバル》の姿を見て、涼子がつぶやいた。

「お由紀よく似あうわ」

「科学的捜査してますね」

めずらしくほめてる、と思ったのだが、やっぱりちがった。

「まるで悪の組織の女首領みたい。あれで両手を腰にあてて『粛清！』とか叫んだら、こわいくらい似あうわ。そう思わない？」

私が返答するより早く、室町由紀子が涼子の姿を見つけた。

「どこで油を売ってたの、お涼？」

ひややかな声が飛ぶ。ニクニクしげな返答がはねかえる。

「あら、ご存じないの。いま世界中どこだって、石油は高値で売れるのよ」

半魚姫の行方について、宿敵《ライバル》と情報を共有する気など、涼子にはなさそうだった。

私はすこし出しゃばってみることにした。

「犯人、いえ、容疑者の身元は判明しましたか」

望外《ぼうがい》のことに、由紀子は教えてくれた。

「ええ、半魚姫のコスチューム・プレイのアルバイトをしていた女性。アルバイト・スタッフのリストから、つい先ほど判明したの」

「さすがですね」

「ありがとう。でも、遊び呆《ほう》けずにまじめに仕事をしていたら、これぐらいのことはすぐにわかるわ」

涼子が柳眉をさかだてた。

「こら、お由紀、いまの陰険なセリフは、あたしに対するアテツケか？」

「わたしは一般論を述べただけです。それとも、お涼、あなたは身にオボエがあるとでもおっしゃるの？」

聖女と魔女は、青い火花の橋を宙にかけた。由紀子から情報を得ながら、こちらの情報を伝えないことに、私は罪の意識をおぼえた。いっそ上司の許可を得ずに、自分の知っていることを教えようか。そう考えたものの、にわかに決心がつかずにいると、悪魔の申し子である上司が、さっさと話をすすめる。

「ま、リストを調べることに気がついたのは、ほめてあげる。それで、半魚姫の正体は誰なの？」

由紀子は涼子よりオトナであるところを見せて、もったいぶらずに答えた。

「彼女の名前は、サリー・ユリカ・トルシガン」

「あらら、半魚姫サリーって、いかにもザナドゥのヒロインらしくていいじゃない」

涼子がまぜかえすのを、由紀子は賢明にも無視した。いそいで私が口を出す。

「ミドル・ネームのユリカというのは、日本人っぽいですね」

「ええ、彼女は混血《ハーフ》なの。父親が、メヴァト人で、母親が日本人。父親は二十五年前に、国費留学生として来日したラフマーディヤ・トルシガン氏。彼は日本人女性と恋愛して、国際結婚。いったん故国に帰って外務省につとめたけど、駐日メヴァト大使館の一等書記官として再来日」

「じゃ、外交官の娘？」

「いえ、父親は大使とおりあいが悪くて、大使館をやめたの。そのまま日本に残って、いろいろ事業をやって成功した。インド料理店とか投資基金《ファンド》とかね」

日本国内にインド料理の店は多いが、インド人が経営しているとはかぎらない。パキスタン、スリランカ、ネパールなど、インド周辺の南アジア諸国の人が店を出している場合も多いのだそうだ。まあスリランカ料理とインド料理との区別が厳密につく人なんて、日本にはそういないだろうし、もともと似た料理ではある。メヴァト人の場合もそうなのだろう。

ふと気がつくと、しきりに私の服の左袖を引っぱる者がいる。いやな予感をおぼえながら振り向くと、やっぱり岸本明だった。

「どうでしたか、泉田サン、そちらは?」

「ほとんど収穫なし」

これはあながち嘘ではない。

「そうですか。それにしてもぼくたち、何だか変な立場ですよねえ」

「そうだな」

ことさら否定する必要も感じなかったので、短く肯定《こうてい》して、私は、才色兼備の女性キャリア官僚をながめやった。

　室町由紀子と薬師寺涼子は、ともに警視庁のキャリア官僚だが、つかえる「神」がちがっている。由紀子の場合は「正義と真相」で、涼子の場合は「破壊とトラブル」だ。涼子がアメリカに生まれ、兇器としての権力を振りまわす舞台としてアメリカ軍部を選ばなかった、という事実に、人類は感謝しなくてはならないだろう。むろん私自身をふくめて。

「それで、お涼、あなたのほうだけど……」

「ストップ」

　白い繊手《せんしゅ》をあげて由紀子を制すると、ちらりと私を見て、涼子は邪悪な笑みを輝《かが》やかせた。

「何もいわなくていいわ。もう、あたし、今夜は帰らせてもらうから」

「何をいい出すの、いきなり」

「この件にかかわらないっていってるの」

「あなたはサリー・ユリカ・トルシガンを追跡してたんでしょ!?」

「追っかけたけど逃げられたのよ。シャクだけどね。身元が判明したなら、さっさと指名手配したら？　だいたい、あたしは職務でここに来たわけじゃないしさ。これ以上の時間外勤務はゴメンよ」

「そんな勝手なマネが許されると思ってるの!?」

「あんたに許してもらう必要はないわよ。でも、まあ、あたしも組織の内部《なか》の人間だから、協調のタイセツさは知ってるつもり。ここはひとつ、千葉県警本部長に決めていただきましょ。あたしがここにいたほうがいいか、それとも否《いな》か」

それではじめて私は本部長の姿に気づいた。警官たちにかこまれて、じつに影が薄くたたずんでいたので、存在に気づかなかったのだ。魔女のご指名を受けて、本部長は笑顔をひきつらせた。

「い、いや、薬師寺クンはここにいなくていい。疲れたことだろうし、もう帰って寝《やす》みたまえ」

「では、そうさせていただきますわ」

「そうしたまえ、ぜひそうしタマエ」

熱心に本部長はすすめるのであった。

「ですが、本部長……」

由紀子が異論をとなえかける。

「君は口を出すな!」

いきなり、ヒステリックに、千葉県警本部長はどなり、飽和《ほうわ》状態にあった憤怒《ふんぬ》をほとばしらせた。

「ここは東京都じゃなくて千葉県だ。捜査の権限が、警視庁じゃなくて千葉県警にあるのは、あたりまえだろう！　だいたい、誰の許可を得て、アルバイトの名簿を調べたり、警備システムを動かしたりしとるんだ!?　たかが警視のブンザイで僭越《せんえつ》ではないかね！」

感情を暴発させる本部長に対して、室町由紀子は冷静に応じた。

「出すぎたことがあったとしたら、おわびいたします。ですが、これは兇悪なテロ事件であって、解決のためには警察機構全体が協力しなくてはならないと……」

「やかましい、何度もおなじことをいわせるな。ここは千葉県だ！」

「東京ザナドゥ・ランドなんていってるけどね、ホントは千葉県なのよ」

と、魔女がよけいな口をはさむ。千葉県警本部長は、二度ほど口で呼吸した後、怒《ど》声《せい》を炸裂《さくれつ》させた。

「ええい、とっとと出ていけ、ここから出ていけ！　これ以上ここにいすわるようだったら、捜査妨害で、ただじゃおかんぞ！」

まんまと本部長をコントロールするのに成功して、魔女の笑みが一段と邪悪さを増す。

「さ、いこ、泉田クン」

「いいんですか」

「いいのよ、千葉県警本部長サマからお許しが出たんだから」

お許しが出たのではなくて、追い出されたのだ。いずれにしても、それ以上この場にとどまるという選択肢《し》は、私にはあたえられなかった。必要以上に胸をそらせる上司の後から、とぼとぼと部屋を出る。丸岡警部らもともに。

「塩をまけ、塩を！　なに、ない？　レストランからでも持ってこい！」

私の背中に、本部長の怒声がはじけた。彼の地位と年齢を考えると、オトナゲないというしかないが、薬師寺涼子とかかわりあう政治家や官僚は、なぜか皆そうなる。一種の化学反応がおきるのだろう。いや、黒魔術かな。

エレベーターの呼び出しボタンを押そうとして貝塚さとみが声をあげた。

「あ、室町警視もですか」

かたい表情で室町由紀子も警備管理センターを出てきたのだった。

「わたしも塩をまかれそうになったわ」

「それはお気の毒です」

上司にかわっていったつもりだが、当の上司はたちまち柳眉をさかだてた。

「何でお由紀だけお気の毒なのよ。あたしは気の毒じゃないの？」

「あなたの場合は、自業自得《じごうじとく》でしょ」

由紀子が冷たく指摘すると、涼子は表情を変え、せせら笑いつつ、ドアの開いたエレベーターに乗りこんだ。由紀子と岸本を加え、合計七人で地上へと上昇する。

「つくづくあんたも恩知らずよね、お由紀」

「あなたの恩ですって？」

「そうよ、この恩知らず！」

あまりに理不尽《りふじん》な非難に、さすが室町由紀子も、反駁《はんばく》の態勢をととのえるまで三秒ほどの時間が必要だった。

「いったい、どこが恩知らずだとおっしゃるの？　理由をうかがいたいわ」

「ハッ、説明されなきゃわからないの。こまったお嬢ちゃんだこと」

「誰だって説明されなきゃわかりませんよ。説明してください」

たまりかねて私が口をはさむと、由紀子は小さく二度うなずき、涼子はわざとらしく舌打ちした。だが意外にも、「よけいな口出しはおやめ」とはいわず、ドアが開くとさっさとエレベーターの外へ出る。

「説明する前に尋《き》くけどさ、お由紀」

「何ですの？」

ドライアイスみたいに冷たい声だったが、涼子は気にもとめない。

「だいたい、お由紀、あんた千葉県警本部長が今夜の件、解決できると思う？」

「…………」

「即答できないのが、つまり回答ってわけよね。あたしは明言するけど、千葉県警本部長に今夜の犯人を逮捕できるわけないわ」

「日本の警察は……」

由紀子は反論しかけたが、涼子は迷わずメイン・ストリートへと闊歩《かっぽ》しながら、かってに話をつづけた。

「で、逮捕できなかったら、どうなると思う？　あいつは犯人を逃がした責任を、誰かに押しつけるわよ」

「誰か……」

薄く笑って、涼子はうなずいてみせた。

「そう、たとえば、その場にいて何かと目ざわりな、ナマイキな女性キャリアとかにさ」

「あなたのことね」

「あんたのことよッ！」

「それじゃ、わざと追い出されるようにふるまった、とおっしゃるんですか」

半信半疑《はんしんはんぎ》というより一信九疑《いっしんきゅうぎ》くらいの気分で私が問うと、涼子は、繊細な形のアゴを力いっぱい縦に振った。

「そういうことよ。あたしは自分が悪役になって、お由紀を破滅から守ってあげたってわけ」

「守ってあげた……」

「これを恩と呼ばずして何と呼ぶのさ。人のココロを持ちあわせているなら、感謝するのがアタリマエ。お礼の言葉ひとついえないなんて、人に非《あら》ず、ケダモノだわねえ、オーッホホホホホ！」

哄笑《こうしょう》する上司の姿こそ、人に非ず、先のとがったシッポを振りまわす悪魔にしか見えないのであった。岸本、丸岡警部、貝塚さとみ、阿部巡査の四人は、それぞれの表情で手に汗をにぎっている。

「お由紀だって知ってるでしょうに。あいつが千葉県警本部長なんて要職に成りあがれたのも、かずかずの失敗の責任をすべて他人になすりつけてきたからだもの」

私は由紀子を見やったが、黒髪の才女は反駁せず、沈黙しつつ考えこんだ。涼子の独演会が、残暑の夜空の下でつづく。

「あいつに責任をなすりつけられて、左遷《させん》された同僚やら、免職《クビ》になった部下やら、両手の指の数じゃ、とてもたりないわよ。一方で、上の者にはへつらうしさ。『オムツ出世した男』って呼ばれてるんだから」

「はあ？　どういう意味なんでしょうか」

ふたりの女性キャリア官僚の顔を、私は見くらべた。由紀子は、事情を知ってはいても積極的に話したくはない、というところ。涼子のほうは、五だけ知っていれば十は話さずにいられない、というようすである。

東北地方のある県で、県警本部の裏金《うらがね》が問題になった。金額は億の単位にもなるといわれたが、この問題をきびしく追及したのは、県政改革をとなえて初当選した県知事だった。あせった県警では、何とか新知事の弱みをつかんで反撃しようとした。おりから、暴力団の経営する秘密クラブの所在が知れた。県の有力者が会員になってSMプレイを楽しんでいることをつかんだ県警は、すぐさまそのクラブを急襲した。会員名簿に知事の名があるかもしれない、と判断したのだ。ところが踏みこんだ刑事たちの前で、ホステスにオムツをかえてもらっていた「赤ちゃんプレイ」の客は、県警本部長その人だった……！

「もしかして、そのとき秘密クラブの捜査を指示したのが……」

「そう、あいつよ。そのときはまだ三十代で、県警の警務部長だったけどね」

一同、顔を見あわせる。笑っていいものかどうか。

「暴力団との談合で捜査自体がもみ消され、クラブはどこかへ移転。裏金の件もウヤムヤになって、当時の県警本部長も無傷で東京へもどった。あいつは何人もの有力者に恩を売り、出世コースまっしぐらってわけ」

涼子の足がとまった。その直前に由紀子が足をとめ、口を開いたからである。

「いずれにしても、千葉県警だけですむ話ではないわ。公賓《こうひん》に対するテロだから、警視庁公安部が中心になって公安警察全体で捜査にあたることになるでしょう。わたしはひとまず警視庁に帰ります」

由紀子は岸本に声をかけ、私たちにかるく目礼《もくれい》して離れていった。かろやかで、あざやかな退場ぶりだった。

「フン、時間外勤務の好きな女だこと」

「私たちはどうしましょうか」

丸岡警部の問いかけには答えず、涼子は私に声を投げつけた。

「あのチョビヒゲ王子だけどさ」

「非常識な人ですね、あなた以上に」

私はオトナである。だから、実際に口にしたのは、台詞《せりふ》の前半だけだ。言論の自由は、思想の自由よりずっと範囲がせまいのである。

「非常識にもホドがあるわよ」

「まったくです」

私がうなずくと、涼子は不快かつ不満そうな視線を突き刺してきた。つかつかと歩み寄ってくる。岸本だったら、「きゃー、ぶたないで」といいそうな勢いだったが、手を伸ばしたと思うと、指をあげて私のコメカミをつついた。

「な、何ですか、いきなり」

「君の頭蓋骨の内部《なか》には、何がはいってるのかと思ってさ」

「脳ミソですよ」

「賞味期限が切れるには早すぎるわよね。だったらすこし使ってみてごらん」

どうやら上司は、注意を喚起《かんき》したいことがあるようだった。

Ⅳ

「あのチョビヒゲ王子、勇敢な人間だと思う？」

「はあ、それは思いません」

「どうして？」

「だって、勇敢な人間なら、影武者なんか使わないでしょう」

私の左右で同僚たちがウンウンとうなずく。

「つまり臆病ってことね」

「臆病というか慎重というか……両方でしょうか」

「ま、表現はどちらでもいいけどさ、臆病あるいは慎重な人間なら、こういうことがあった後、どんな風《ふう》にふるまうと思う？」

ようやく私は涼子の示唆《しさ》することに気づいた。

不明の至りである。とっくに気づいているべきだった。テロの標的となっている人間として、カドガ殿下の態度は、あきらかにおかしい。日本側のすすめも容《い》れず、ザナドゥ・ランドを離れようとしないのだ。

「すくなくとも、あんな風にはふるまいませんね。すぐテロの現場を離れて、厳重な警備のもとに身を置くでしょう。テロリストはまだつかまっていない、いつ再襲撃されるか、わからないんですからね」

「やっと気づいた？」

「すみません、迂闊《うかつ》でした」

「ホントに迂闊だわ。他のみんなもね」

「いや、面目《めんぼく》ありません」

丸岡警部が恐縮する。刑事生活四半世紀のベテラン捜査官として、気づかなかったのが残念なのだろう。彼に対しては、涼子はイヤミをいわなかった。

「それで、泉田クンの結論は？」

「結論を出すのは、早すぎますよ」

「前段階でいいから、いってごらん」

「……カドガ王子は、もう自分が安全だということを知っているんです。だから、平気な表情《かお》でザナドゥ・ランドに居残っている」

「どうして、自分が安全だと知ってるの？」

「そこが結論の部分です。うかつなことをいったら……」

国際問題になるかもしれない。

「じれったい男ね。さっさといったらどうなのさ」

「あなたほど大胆にはなれませんよ」

私に不足しているのは胆力《たんりよく》だろうか、想像力だろうか。両方かもしれない。カドガ殿下について何かを断言するには、ジグソーパズルの断片《ピース》がまだすくなすぎる。

涼子みたいなマネは、とうてい私にはできない。空白の部分に想像上の断片《ピース》をテキパキとあてはめて、パズルを完成させてしまうようなマネは。凡人がそんなことをすれば、冤罪《えんざい》という醜悪なパズルをでっちあげるのがオチだ。

「まして外国の王族で、日本国政府の公賓なんですからね。いくらあなたでも、彼を拷問《ごうもん》にかけるわけにはいきませんよ」

「どうして?」

「どうしてって……ええとですね……」

凡人の困惑を、魔女はひと声で吹きとばした。

「責任とるのは首相と外務大臣よ。いいじゃない、あいつらがこれ以上、権力の座にいすわっていたら、日本国民が迷惑するんだからさ。現在《いま》の首相になってから、泉田クン、何かひとつでもいいことあった?」

「そりゃ、あんな独裁者気どりの幼稚なトッチャンボーヤには、さっさと辞《や》めてほしいですが、それとこれとは別問題です」

「泉田クンの無理解によって、拷問できないとすると、この事件は長引きそうね」

「私のせいですか!?」

「あたし以外のみんなのせいよ」

涼子の視線を受けて、私の同僚たちは、ばつが悪そうにうつむいた。私はあえて声を出した。

「お叱りは甘受《かんじゅ》しますが、もう犯人は追わないんですか」

「追わないわよ。追ってもムダ。とっくに逃げてるわ」

「それじゃ我々も東京へ帰って、刑事部としての策《て》を打ちましょう。でないと警備部の後塵《こうじん》を拝《はい》することになりますよ」

「帰ることないわよ」

「え?」

「今夜はホテルに泊まるの」

「ええ!?」

「ほら、そこに建ってるでしょ」

白いしなやかな指が動くと、ベルサイユ宮殿の孫といった感じの豪華な建物がそびえている。真物《ほんもの》に較《くら》べて規模は小さいが、その分ハデですこし下品だ。ピンクの外壁にハート型の窓。玄関前で、羽をはやした赤紫色の象が、長い鼻から宙に水を噴きあげている。

「わあ、ザナドゥ・ドリーム・ホテルだ！」

貝塚さとみが歓声をあげる。男たちはたじろいだ視線をかわし、涼子が宣告した。

「いいこと？　あたしたちはテロ捜査にしたがっていたけど、心ならずも現場から排除されることになった」

心ならずも、だって？

「だけど千葉県警のいいなりになって犯行現場から退去し、自分たちだけ安逸《あんいつ》をむさぼるなんて、良心が赦《ゆる》さない」

良心だって。

「したがって、あたしたちは犯行現場のすぐ近くに待機し、いつでも千葉県警の捜査活動に協力できるようしておくべきではないだろうか!?」

「だからザナドゥ・ドリーム・ホテルに宿泊するのだと？」

「そうよ。しかも自腹を切ってよ」

涼子が強調する。

「だいたいキャリア官僚の辞書に、ジバラなんて単語はないんだけどね。あたしは、ほら、市民的良識の持ち主だから、ちゃんと知ってるの」

いまわしい象の噴水から目をそらして、私は上司に告げた。

「私はこんなホテルに自費で宿泊する気はありませんよ」

「こんなホテルって？」

「ええと、その、りっぱなホテルです」

私は「りっぱな」という形容動詞に、可能なかぎり複雑な意味をこめた。

「近くに泊まれとおっしゃるなら、駅前のビジネスホテルにでも……」

「上司命令。全員の宿泊費は、あたしが持つ。他のホテルに泊まるのは許さない」

「そんな……」

「うるさい。天井も壁も床もピンクで、ザナドゥ・ランドのキャラクターがいくつも極彩色《ごくさいしき》で描かれた特別室に泊めてやる。上司の厚意《こうい》を無にするやつには、当然の報《むく》いよね、オッホホホ」

「そのどこが市民的良識なんですか」

私は抗議したが、どこ吹く微風《そよかぜ》、美貌の魔女は何やら鼻歌を歌いながらホテルの玄関へとはいっていく。

肩をたたかれた。丸岡警部だった。

「なあに、気にするほどじゃないと思うよ。目を閉じて寝てしまえば、白雲姫も半魚姫も見えやせんさ」

「そういう問題ですかね」

不機嫌に応じると、今度は、貝塚さとみがなぐさめるつもりか、はげます気なのか、

「ザナドゥ・ドリーム・ホテルの特別室に泊まれるなんて、すごいですよお。羨望《せんぼう》のあまり死んじゃう人が、日本全国に何万人もいますよ」

そんなやつら、かってに死んでしまえ、と思ったが、さらに阿部巡査までがいう。

「住めば都ですよ、警部補」

「そのコトワザ、ちょっとちがうと思うぞ」

ささやきあいながら、私たちは上司につづいてホテルにはいった。

何とも居心地が悪い。千葉県警本部長はともかく、汗まみれで走りまわっている平《ひら》の警官たちには、どんな怨《うら》みがましい視線を向けられてもしかたないところだった。

彼らはたぶん今夜、家へ帰れないだろう。

では私たち警視庁組はというと。

私にとっては、徹夜で捜査にしたがうほうが、まだましだった。すくなくとも、警察官としての良心に恥じる必要はない。だが、現実には私は、決然として踵《きびす》を返すわけでもなく、オメオメと上司のワガママにしたがっている。

ピンクのドラゴンやら緑色のネコやらオレンジ色のネズミやらが、広大な空間に乱舞していた。天井にも壁にも床にも。おさない子どもたちだったら、床にころがって喜ぶかもしれない。

貝塚さとみは、さすがにころげまわったりはしなかったが、床に描かれたさまざまなキャラクターを踏まないよう、慎重に足を運んでいる。丸岡警部や阿部巡査が彼女のマネをしているのは、「先達《せんだつ》はあらまほしきもの」という古いコトワザを実行しているらしい。

涼子は十一階のスペシャルスイート、部下たちはおなじ階のデラックス・ダブルをひとりひと部屋あてがわれた。

貝塚さとみは感動しきり。三人の男たちはべつに嬉《うれ》しくはないが、贅沢《ぜいたく》な経験だということはわかる。

涼子がスイートにこもってしまうと、それぞれの部屋にはいる前、四人の部下は丸岡警部の部屋で五分ほど話をした。結局、すべては明日になってからだ、と話がまとまる。全員すっかり疲れていたし、当然の結論だった。

「それにしても、五十年以上生きてると、いろんな経験ができるねえ」

丸岡警部はバスルームのドアをあけると、そなえつけの歯ブラシを手にとった。その柄《え》には、巨大な歯をむき出しにした青いリスが描かれている。

「こいつは使わずに持って帰ってやりたいが、そうすると歯がみがけんなあ」

「二本あるでしょ？」

「おみやげが二本いるんだ。孫と娘に」

私は自室の歯ブラシを一本、丸岡警部に提供することにした。阿部巡査は大きな身体を丸めて律儀《りちぎ》に「おやすみなさい」という。歯ブラシを丸岡警部にとどけて部屋を出ると、貝塚さとみが電話しているのが半開きのドアから聞こえた。

「あっ、お母さん？　今夜は帰らないよ。うん、薬師寺警視とゴイッショにね、ザナドゥ・ドリーム・ホテルに泊まることになったから。え？　心配ないって、無料招待だから」

すこし間をおいて、声が高まる。

「え!?　薬師寺警視って女性だよお！　前にもいったでしょ！」

私は苦笑しつつ、自分にあてがわれた部屋にはいった。家具調度のほとんどすべてにアニメのキャラクターが描かれている。例外は、壁にかかった大きな肖像写真だ。蝶《ちょう》ネクタイをむすんだアービング・オダニエルの笑顔が私を見おろしている。健全と良識と善意を、パステルカラーで塗りたくった初老の男。やわらかい声が聞こえるような気がする。

「さあ、用意しておいた夢を君に見せてあげよう。カネさえ払えば、値段に応じてね」

私は手を伸ばして、肖像写真を裏返しにした。安眠するために。

それにしても、この部屋はデラックス・ダブルだ。オダニエルの写真とアニメのキャラクターに見守られながら同衾《どうきん》する男女がいるということである。それも何百組も……。

ま、私の知ったことではない。私は思考停止し、とりあえずシャワーをあびて汗を流すことにした。

窓の外が赤く青く、さらに黄金色にきらめき、乾いた音が弾《はじ》けた。カドガ殿下のために花火が打ちあげられているのだろう。くりかえすが、私の知ったことではない。すべてがつくりごとの、別世界の出来事《できごと》だった。

第五章　学術的な捜査とは？

I

とんでもない夜が明けると、形だけはおだやかな朝が待ち受けていた。

丸岡警部が昨夜いったことは、まさに賢者の言だった。目を閉じてしまえば、空調《エアコン》もベッドも快適そのもので、私はひさびさに熱帯夜の寝苦しさから解放され、深く長い眠りをむさぼることができた。八時近くになって起き出したとき、いささかバツの悪い思いをしたが、これで今日は徹夜になっても耐えられそうだ。

洗面その他をすませて廊下へ出ると、同僚たちがまさにドアをノックしようとしているところだった。丸岡警部と阿部巡査によると、薬師寺警視は貝塚さとみ巡査をオトモに、すでにメイン・ダイニングルームへ、おみ足をお運びあそばした、ということである。

「眠れましたか」

私が問うと、丸岡警部はうなずいた。

「だからさ、目をつぶったらおなじことだよ」

「どうにか夢も見ずにすみましたし」

阿部巡査がいい、三人そろって苦笑した。

エレベーターで一階におりる。

「ウェルカム、マイ・フレンズ！」

必要以上に高い声をあげて私たちを迎えたのは、赤い巨大なリボンをつけたカリフラワーで、首から下はウェイトレスの服装をしている。もはやおどろくだけの感受性も残されておらず、三人の不粋《ぶすい》な公務員は奥のテーブルへと案内された。

テーブルにはすでに女王陛下と侍女、ではない、薬師寺涼子と貝塚さとみが着いていた。八人が着席できる大きな円卓は、厚いガラスの隔壁ごしに、ザナドゥ・ランドのメイン・ストリートに面している。キャラクターたちのパレードを眼前に望む、垂《すい》涎《ぜん》の特別席である、と、貝塚さとみが熱心に説明してくれた。そうかい。

意外にも、中国風《チャイニーズ・スタイル》の朝食だった。油条《ユージャオ》に、卵と野菜入りのお粥《かゆ》、白身魚と野菜と春雨《はるさめ》のスープ、豆腐サラダ、小籠包《シャオロンポー》、冷やしたライチ、それに茉莉花茶《ジャスミンティー》。

甘ったるいドーナツや漢方薬まがいのコーヒーを出されると覚悟していたので、これはありがたかった。皿やカップに、青と白の縞《しま》模様のパンダが描かれていなければ、さらによかったけど。

「油条って、揚げパンだけど、胃に全然もたれないのが不思議ね」

「そうですね、歯ごたえも舌ざわりもフワリと軽くて、とてもけっこうです」

他愛のない会話のはずだが、涼子の場合、いつ急変して嵐を呼ぶやら知れたものではない。

だいたい、昨夜、涼子は自分のスペシャルスイートで何をしていたのだろう。あんがい無邪気にファンシーグッズに埋もれて眠っていたかもしれないが、それ以上に可能性が高いのは、暗闇にまぎれて陰謀をめぐらせていたということだ。いったい何をたくらんでいるのやら。

私の疑惑に満ちた視線を受けて、美しい魔女はそらぞらしくいった。

「犯人がつかまるまで閉鎖ってことにでもなったら、ザナドゥ・ランドも大損害よねえ」

「うれしそうですね」

「あら、同情しているように見えない？」

「全然」

「それは君が心の眼でものごとを見ていないからよ」

「はあ、心の眼ですか」

あたらしく涼子語の辞書に加えられた名詞なんだろう、たぶん。

「あたしはザナドゥ・ランドの株主なんだからさ、会社の不利益になることを望むわけないじゃないの」

「そうですか」

「そうよ」

「私はまた、先日おっしゃったように、株価が下がったところを買い占《し》めて、中国の海賊版業者に高値で転売するつもりかと思いました」

一秒半ほどの、ブキミな沈黙。

「いやあね、冗談を真《ま》に受けないでよ」

「失礼しました。ところで隠しマイクのことですが」

「急に何よ、隠しマイクって」

「外務大臣につけた隠しマイクですよ」

「ああ、あれ？」

「あのままにしておいていいんですか。回収しておかないと、発見されてＪＡＣＥＳ《ジャセス》の製品だと知れたら、まずいどころじゃないですよ」

「心配ないわ」

「なぜです？」

「あれ、ＪＡＣＥＳの製品じゃないから」

悠然とジャスミンティーをすする上司の姿を、私はまじまじと見つめた。たしかに昨晩、涼子は「新製品」といっただけで、ＪＡＣＥＳの名は出していない。

「じゃ、どこの製品なんです？」

「ＮＰＰ」

それはＪＡＣＥＳの強力なライバル企業の名前だった。ＮＰＰ、正しくは日本民間警察《ニッポン・プライベート・ポリス》というごたいそうな名の会社だ。

「もしかして、最初からそれが狙《ねら》いですか」

「あら、何のこと？」

「発見されたとき、ＮＰＰに罪をなすりつけるつもりだったんですか」

あでやかでヨコシマな笑顔が返ってきた。

「ちがうわよ。技術開発上の問題点をチェックするためよお」

「どんな問題点です？」

「NPPの隠しマイクの性能がどんなものか、知っておく必要があるでしょ？　たとえライバル企業であっても、よい点があったら見習わなきゃ、企業に明日はなくってよ」

明日がないのはいったい誰だろう。心の中で肩をすくめて、私は隔壁の外をながめた。

きちんと料金を支払っていれば、つくりものの世界を娯《たの》しむ気になれるのかもしれない。残暑の光に白々《しらじら》と照らし出された無人のメイン・ストリートを見ながら、そんな気もしてくる。

ふと気づくと、涼子の手もとに本が置いてある。上品な革《かわ》のブックカバーにつつまれていて、書名はわからなかった。かるい気持ちで尋《き》いてみる。

「何をお読みですか」

「『マルフィ公爵夫人』」

「ああ、ウェブスターですね」

日本ではそれほど知られていないが、シェークスピアよりひと世代後、十七世紀のイギリスの劇作家である。私もいちおう英文学科出身なので、書名ぐらいは知っている。

「おもしろいですか」

「ふっふっふ」

「妙な笑いかたをしないでください」

「すごいぞ、登場人物がつぎからつぎへと死んでいくの。しかも自然死がひとりもなし。死にかたがまたバリエーションが豊かでね」

「そ、そうですか」

「刺殺に毒殺に扼殺《やくさつ》ときたもんよ。アガサ・クリスティが好むのもわかるわね」

「そういえば、クリスティの作品にも登場しますね」

「よく知ってること。さすが英国ミステリーの読みすぎで警察官になっただけあるわ」

イヤミな反論を私が考え出すより早く、涼子は話題を飛躍させた。

「あのチョビヒゲ王子、今日は皇居を表敬訪問するのよね」

「皇居から出て来るまでは、手を出すどころか、近づくこともできませんよ」

「で、明日は関西へ発《た》つ、と」

「京都や奈良を観《み》てまわるそうです」

「奈良の大仏でも買うつもりかしら」

南アジアの熱帯雨林のただなかに鎮座《ちんざ》まします大仏さまの巨体を、私は想像してみた。あんがい違和感がなかったが、考えてみれば仏教はもともと南アジアで生まれたものだ。日本人ばなれした風貌の大仏さまは、灼熱《しゃくねつ》の陽光をあびているほうが似あうものなのかもしれない。

涼子が指をあげて高く鳴らした。こういう動作をしても下品に見えないのは、涼子の一種の風格だろうか。ウェイターが飛んできた。頭だけがカボチャの形だ。パンプキンマンだ。

「悪いけど、新聞を持ってきて。今朝、客室にとどいてなかったわ」

「お客さま、新聞は置いてございません。俗世《ぞくせ》のニュースを見ると、夢がこわれます。楽園に新聞は必要ないというのが、ザナドゥ・ランドの理念でございまして……」

「ニュースを見たぐらいで壊《こわ》れる楽園って、ずいぶん安っぽいわね」

「…………」

「新聞を読むな、ニュースを見るな――そう信者たちに命じているカルト教団は、いくらでもあるわ。そういわれたくなかったら、支配人室でとってる新聞をぜんぶ持っといで！」

あたふたとパンプキンマンは立ち去り、五分後に新聞の山をかかえてもどってきた。涼子は尊敬されているかどうかはともかく、畏怖《いふ》されていることは確かだった。

どの新聞の一面も、「カドガ殿下、暗殺未遂」の記事で飾られていた。スポーツ新聞もだ。写真も載《の》っていた。浅黒い端整な顔に白い歯を光らせた影武者の写真が。

II

日本側とメヴァト側とが密議《みつぎ》してでっちあげた筋書は、つぎのようなものだ。

「メヴァト王室に敵意を抱くテロリストが、第二王子カドガ殿下の暗殺をたくらんだ。日本の治安当局の努力により、暗殺は失敗したが、殿下の側近が殺害された。殿下は日本側の努力に感謝しておられ、日本に対して不快の念は抱いておられず、両国間の友好関係にまったく影響はない。ただ、今後もテロの可能性がわずかながら存在する以上、警備は厳重にならざるをえず、カドガ殿下が日本国民およびマスコミの前にお出ましになる機会はなくなった。まことに残念だが、テロをふせぐためにはやむをえない……」

よく読めば、ほとんどウソは書かれていない。暗殺の失敗が日本の治安当局の努力によるもの、という点がテマエミソだが、影武者の件を隠すためには、やむをえないところだろう。

新聞各社とも政府の報道管制に協力することになったようで、記事の内容はまったくおなじ。首相に外務大臣、国家公安委員長、警察庁長官らお偉方《えらがた》の発言も、みな似たようなものだった。

「日本国内でいまわしいテロが発生した。テロリストは兇悪な猛獣なのだ。平和で民主的な社会は、彼らと共存することはできない。徹底的にテロリストを孤立させ、排除しなくては、日本は友好国メヴァトのみならず、国際社会全体に顔向けできなくなる。兇悪なテロを断じて許すな！」

私としては、兇悪なキャリア官僚も何とか取りしまってほしいと思うのだが、期待するだけムダだろう。

「結局、半魚姫は逃げおおせたんですかあ？」

貝塚さとみが小首をかしげた。

「身元は判明しているし、逮捕は時間の問題じゃないかと書いてあるな」

丸岡警部が応じると、涼子が悪意をこめて笑った。

「二〇〇一年九月一一日の同時多発テロの首謀者も、拘束《こうそく》は時間の問題といわれていたわよねえ。あれから何年たったのかしら」

記事を読みながら私は考えた。

メヴァト王国は近代国家なんて代物《しろもの》ではなく、王家の領地であるにすぎない。だが、メヴァトがどれほどムチャクチャな国であろうと、日本は手を切るわけにはいかない。日本が経済・産業・技術大国でありつづけるためには、メヴァトの稀少金属《レアメタル》が必要不可欠なのだ。現国王一家による前国王一家皆殺しの疑惑に目をつぶるのはもちろんのこと、今回の王子さま影武者騒動だって、必死になって匿《かく》しとおすにちがいない。

これこそ国家機密というものだろう。そして私や私の同僚たちは、国家機密という名の深い濁《にご》った闇をのぞきこんでしまったのである。望んだわけでもないのに。

「公安部の連中、どう動きますかなあ」

丸岡警部がつぶやく。公安部に好意を抱く刑事部の捜査官など、私の知るかぎりひとりもいない。排他的で閉鎖的で独善的で、エリート意識にこりかたまった、いけすかない連中なのだ。彼らが情報や証拠を隠したため、刑事部の捜査がいきづまったことが何度もある。

「そうね、いまごろは半魚姫の家をおそって、荒らしまわってるんじゃないの」

涼子が決めつけたので、いちおう私は諫《いさ》めてみた。

「おそってる、という表現は……」

「不穏当《ふおんとう》？　ふふん、でも、公賓《こうひん》がテロリストに襲撃されたのよ。公安の面子《メンツ》まるつぶれ。さぞや逆上してるでしょうよ」

「日本にいるメヴァト人たちも、たいへんですよねえ」

と、貝塚さとみが同情する。

「駐日メヴァト王国大使館には、もちろん手を出せないけど、民間人はかたっぱしから任意同行させて、しめあげるんじゃないの」

「そう簡単にはいかないでしょう」

「どうしてよ？」

「メヴァト語の通訳って、警察にいましたっけ？」

「ああ、そうか。そちらを手配する必要もあるわね」

「メヴァトの大使館員が協力を求められるんじゃありませんか」

とは、阿部巡査の意見だ。一同うなずく。

すこしの間、あごに指先をあてて考えていた涼子は、何やら思いついたようだった。

「よし、あたしたちは学術的に捜査しよう」

「学術、ですか」

「メヴァト、だけにかぎらず、南アジア諸国の歴史とか文化とか民俗とか、そういうことに精《くわ》しい研究者がいるでしょ。至急、さがし出して協力してもらうわ」

「うーん、そういう人がいますかね」

「いるわよ。そこが学問ってもののすごいところでね、どんなマイナーな分野でも、かならず生涯を賭けて研究している人がいるの」

「それはたしかにそうですね」

以前、私が捜査に加わった事件で、昭和初期の大阪の紙芝居を研究して文学博士号を得た人に、協力をあおいだことがある。おかげで事件は解決したが、世の中にはいろんな学者さんがいるものだ。

「決まった。あたしを捜査から排除したらどうなるか、お由紀のやつに思い知らせてやるぞ」

「何でここで室町警視が出てくるんです？」

「うるさいな、あたしは由紀子の呼吸する空気がただよってきただけで、脳の温度は上がるし、血圧も上がるし、胃酸《いっ》の量だって増えるのよッ」

「先方もそうかもしれませんね」

「何だと」

「いえ、ちょっと医学的な想像をしてみただけで……」

涼子はそれこそインケンな目つきで私をにらんだが、急に立ちあがった。

「さ、それじゃ東京に帰るわよ。みんな、すぐ用意して」

途中経過は省略する。十五分ほど後、私たち五人は黒塗りのリムジンに乗って、機動隊員のかためる東京ザナドゥ・ランドの裏門を走り出ていた。広い車内にはTVや冷蔵庫までついている。

涼子がリモコンを手にしてTVをつけると、衛星放送のニュース番組が流れ出した。ときおり画像がぶれたり流れたりするが、音質はよい。くつろいでいるのは涼子だけで、他の四人は庶民丸出し、何ともおちつかない気分で、窓の外やTV画面をかわるがわる見ている。TV画面では、局のキャスターと高名な評論家が語りあっていた。

「メヴァト王国では何年か前に、前の国王一家が殺害されるという惨事がありましたね」

「ええ、まあ、そうですね、そういうこともありましたが、今回は関係ないでしょう」

どういう根拠で、とTVに向かって問いかけたいところだったが、評論家はひときわ声を大きくし、メヴァトとの友好関係がいかに日本にとってたいせつかをまくしたてた。

「とにかく、資源の獲得で、中国やロシアに先をこされたら一大事ですからね。日本の国益を守るためにも、一日も早くテロリストを逮捕しなくてはなりません」

窓の外は、午前中から陽炎《かげろう》が揺れるほどの苛烈《かれつ》な残暑だ。東京湾岸の高速道路上を走るリムジンの車内は、冷房がほどよく効《き》いているが、それがまた排熱《はいねつ》を生《う》むのだろう。現代文明はどう考えても袋小路《ふくろこうじ》にはいりこんでしまったように見える。

それにしても、半魚姫ことサリー・ユリカ・トルシガンが口にしたメヴァトの秘密とは何だろう。

「王室あるところ、陰謀と流血あり」

というのは、歴史の常識だ。イギリス、フランス、中国、ロシア、イタリア、韓国、インド、どこの国も似たり寄ったり。わが日本だって例外ではなく、学校の授業で習っただけでも、壬申《じんしん》の乱、藤原薬子《ふじわらのくすこ》の乱、藤原仲麻呂《ふじわらのなかまろ》の乱、保元《ほうげん》の乱に平治《へいじ》の乱、南北朝の動乱、これすべて皇位をめぐっての流血沙汰《ざた》である。

とくにものすごいのは、オスマン・トルコ帝国だろう。なにしろこの王朝では、皇帝《スルタン》である父親が死んで、誰かひとり皇子が後を嗣《つ》ぐと、それ以外の皇子はことごとく殺されたのだから。皇位をめぐって内乱がおきたりしないよう、あらかじめ、競争相手を消してしまうのだ。

これを父親の側から見たら、何人の寵妃《ちょうひ》に何人の息子を産ませようと、ひとりを除いて全員が殺されてしまうわけである。ご当人も、他の兄弟を皆殺しにして、玉座《ぎょくざ》にすわったわけだから、いやとはいえない。

たしかに叛乱《はんらん》の芽は摘《つ》まれたが、そのかわり、皇位をめぐる陰謀と暗闘は、さらに凄惨なものになったろう。「皇位か死か」という二者択一《たくいつ》だから、みな必死である。

「皇位なんていらない、のんびり暮らしていければいい」なんて甘いことをいっている間に、葡萄酒《ぶどうしゅ》に毒をいれられてしまう。

生きていること自体が、殺される理由になるのだ。王族といえば贅沢《ぜいたく》で優雅な生活を送っていると思われがちだが、それも生きていればこそである。

メヴァト王室のおぞましい秘密というのは、その種のものだろうか。

その点については、涼子の意見はちがった。

「過去の歴史に例のあることだったら、いまさら問題にはならないわよ。どこの王室だって、血塗《ちぬ》られた歴史を持ってるんだから。程度の問題でしょ。自慢することもないけど、必死で隠しだてするほどでもないわ」

たしかに、そうかもしれない。

「ずいぶん複雑な背後関係がありそうですね。それも調べる必要がありそうですが」

「背後関係なんて、お由紀に調べさせりゃいいのよ。そういう陰険《いんけん》な仕事が大好きなんだからさ、お由紀のヤツは」

「陰険じゃなく、重大な仕事ですよ」

「そうね、陰険じゃないわね、たしかに」

「そうですとも」

「陰険じゃなくてさ、陰湿っていうのよね」

オッホホホ、と、涼子は高笑いする。自分自身の態度は公明正大だと思っているのだろうか。

形のよすぎる脚をこれ見よがしに組むと、涼子は携帯電話をとり出した。

「ああ、もしもし、あたし、薬師寺涼子です。ちょっと教えていただきたいことがございますの。ええ、大至急おねがいしますわ」

III

なつかしの警視庁にたどりついたのは、水曜日の午前十時半だった。「なつかしの」とはおおげさな、と笑われるだろうが、幻想世界から現実世界へ帰ってきたような感覚を抱いたのはたしかである。

警視庁は半分がパニック状態だった。半分というのは公安部や警備部で、生活安全部は無関係。交通部はカドガ殿下の皇居表敬訪問がらみの交通規制で、三分の二ほどが上を下への騒ぎである。

わが刑事部はというと、公安部に対する反感はいつもどおりだが、それを愉《たの》しんでいるような余裕はなかった。だいたい、いつもいそがしいのだ。外国の王族が来ようと来まいと、殺人や強盗や傷害は毎日おこる。

涼子には、すでに刑事部長からの呼び出しがかかっていた。無能な人ではないはずだが、管理能力の九割以上を涼子ひとりのために消費させられており、このところあまり精彩がない。

ひとりで出頭《しゅつとう》すればいいのに、涼子は私をオトモにつれて部長室へ足を運んだ。部長は私の姿を見ても、トガメダテはせず、すぐ本題にはいった。

「公安部長から、とくに申し出があってな」

「あらあら、予想していたとおり」

「というと？」

「能なしの公安部にはとうてい解決不可能な事件だから、ぜひ刑事部の協力をあおぎたい、と、そう卑屈《ひくつ》に申し出てきたのでしょ？　みっともないったらありゃしない」

「あー、君の発言の前半については論評をひかえるが……」

きわめて人の悪い表情を浮かべる刑事部長は、公安部長ときわめて仲が悪い。「チャウチャウとオランウータンの仲」といわれている。

「後半については、残念ながら外《はず》れだ。というより、逆なのだ」

「刑事部は手を出すな、というんですか」

「そうだ」

うなずく刑事部長に、涼子は、トガメダテする視線を投げつけた。

「そんなナマイキ、いいえ、非礼な指図《さしず》を、部長は応諾《おうだく》なさったんですの？　そんなことを許しておいてよろしいのかしら？　寛容にもホドがありましてよ！」

言葉だけは上品に、抗争の火種《ひだね》をまきちらす。

刑事部長も公安部長も、階級はおなじ警視長である。どちらかがどちらかに命令したり強要したりできるような関係ではない。もちろんそれを承知で、美しい魔女は、甘い毒の息吹《いぶき》を善良な中年男性にあびせるのであった。いや、あんまり善良でもないけど。

「うん、しかし、申し出自体は聞いておかんとまずいからな」

「警視総監にねじこめばよろしいのですわ。何ら権限があるわけでもないのに、刑事部を抑制しようとたくらむとは、何たる増上慢《ぞうじょうまん》。こんな越権行為を認めるのか、って」

「し、しかし、そんなことをしたら公安部との対立が……いよいよ……」

「かまうものですか。もともと刑事部にとって公安部こそが真の敵、不倶戴天《ふぐたいてん》の仇《かたき》！やつらをコテンパンにたたきのめさないかぎり、刑事部が警視庁内の覇権をにぎることはありえません。天下をとるためには、敵は容赦《ようしゃ》なくたたきつぶすべきなのですッ」

「い、いや、君、天下をとるなんて……」

「冗談はさておき」

いきなり涼子は表情と口調を変え、刑事部長はデスクに突っ伏しそうになった。

「じょ、冗談だったのかね」

「あら、もちろんでございますわ。どんなに不愉快なヤツラでも、おなじ警視庁の一員。協力すべきときには協力しなくてはなりませんもの」

「う、うむ、それがオトナの態度というものだな」

「でも、これは冗談ごとではございませんわよ。日本国の公賓であるところのカドガ殿下をテロリストが襲撃した、そのテロリストを万が一にも公安部が逮捕できたら……」

あやうく私も聞き逃《のが》しそうになったが、「万が一にも逮捕できたら」とは失礼な言《い》種《ぐさ》だ。だが刑事部長は気づかなかったようである。

「ど、どうなるというのかね」

「公安部長は将来の警視総監、あるいは警察庁長官の座に、一歩近づくことになりますわ。そんなことが許せまして？」

「ああ、いや、もう、それはいいから……キミ、薬師寺クン、私もそろそろつぎのお客があってね……」

刑事部長も、したたかなお役人である。完全にマインド・コントロールされる寸前で、どうにか踏みこたえた。不景気な声で、もう退出するよう告げ、すでに半ば湿ったハンカチで、やたらと汗をふく。

それ以上は深追いせず、邪悪な笑みをたたえて涼子は退出した。廊下を歩きながら、私は低い声で問いかけた。

「いったい何をたくらんでるんです?」

「あら、何のことかしら、オホホ」

この場合の「オホホ」は、「とめられるものならとめてごらん」という意味なのだろう。癪《しゃく》だが私にはとめようがない。いまの段階ではまだ。

午前十一時。

アメリカやら中国やらロシアやらフランスやら、各国の政府が、カドガ殿下の暗殺未遂事件に関して、声明を発表している。「テロは容認できない」という同一の内容を、それぞれの言語でもっともらしくさえずっているだけのことだ。

一方、警視庁内にトグロをまく不穏な空気に心を傷《いた》めたのか、警視総監は、つぎのような新作の句を庁内にヒロウした。

雨雲を　待つこと長き　残暑かな

「総監の作としてはマシなほうじゃないですかね」

「そうですかあ？　何をいいたいんだか、よくわかりませんよお」

「うむ、何やら不吉で不穏な雰囲気がただよってくるのはたしかだな」

「なるほど、そういえば……」

「それじゃ名作なんですかあ」

「いや、作者自身が自覚してそういう雰囲気を出しているのかどうか、それが文学的評価のポイントではないかねえ」

丸岡警部、貝塚さとみ、阿部巡査の三人が、事務室で俳句同好会みたいな会話をかわしている。ほのぼのと、お茶の香りが室内に立ちこめる。私は涼子の執務室を出たりはいったりしながら、自分なりに庁内の情報を集めた。早めにイタリア料理店からランチをとりよせた上司のところにいくつかの情報を持っていく。

ちなみにこのイタリア料理店は「ボルジア」という名だが、何でそんな名をつけたのだろう。ルネサンス時代のイタリアで、策謀と暗殺をくりかえした一族の名ではないか。料理に毒がはいってるんじゃないか、という疑惑を禁じえない。

「千葉県警本部長は、警察庁長官に呼びつけられて、頭ごなしに叱りつけられたそうですよ。公安の足を引っぱるなって」

「あらま、お気の毒」

「本気でいってるんですか」

「もちろん本気よ。足の引っぱりあいをしないキャリア官僚なんて、マンモスを食べないサーベルタイガーみたいなものじゃない」

よくわからない喩《たと》えである。

とにかく、警視庁が鳴動《めいどう》をつづけるさなか、刑事部参事官室は、ブキミな静けさを保《たも》っている、ように見えたかもしれない。じつのところカヤの外に放り出されていただけだが、それもまた表面上のことにすぎなかった。美しい魔女は、爪《つめ》を研《と》ぎながら、彼女のいわゆる学術的な捜査を開始したのである。

正午をすぎたころ、警視庁の正面玄関にひとりの民間人があらわれた。身長はやや低め、身体つきはやや太め、頭髪はやや薄め、顔色は生白《なまじろ》く、銀縁《ぎんぶち》の眼鏡《めがね》をかけ、半袖シャツの肩にバッグをかけている。挙動不審《きょどうふしん》の中年オタクといえば、印象としてわかりやすい。もちろん、玄関先に立つ警官がただちに誰何《すいか》し、連絡を受けた関係者が駆けつけた。私のことだ。

「ああ、この人はいいんだいいんだ」

私は、あやしいオタクをロビーに招《しょう》じいれ、エレベーターへと案内した。

「京葉《けいよう》大学の平村《ひらむら》先生ですね。おいそがしいところをお呼びだてして、申しわけないかぎりです」

ついヒロムラとかヒラヌマとか発音しそうになるのを、注意しながら呼びかけると、彼は寛大な微笑で応じた。

「いえ、ちっともいそがしくないです。だからすぐ参上できたのです」

「そんなことはないでしょう」

「いえいえ、こう申しては何ですが、薬師寺クンにたのまれたら、休講をひとつ増すぐらい、おやすい御用で」

京葉大学文学部准《じゅん》教授の平村滋夫《ますお》氏は、薬師寺涼子が東京大学に入学したとき、人文科学研究科の大学院生だった。盛りをすぎた桜の下、花びらを蹴散らしてカッポする涼子の英姿《えいし》をはっきり憶《おぼ》えているという。

「もう灰色のキャンパスに満開のバラが咲き誇ったみたいでね。こんな綺麗《きれい》な子が、何で東大なんかに来る必要があるんだろう、と思ったものですよ」

キャリア官僚になって、権力を悪用するためですよ、平村准教授《センセイ》。

「まあ、平村センパイ、わざわざ御足労《ごそくろう》いただいて恐縮ですわ。でも、どうしてもセンパイのお知恵にすがりたくて」

甘言《かんげん》を並べたてる涼子に笑顔を向ける平村准教授のうれしそうな姿。あたかもオオカミにシッポを振る仔羊《こひつじ》のごとし。

「大学のほうはいかがですの、センパイ」

「正直、あんまり見通しは明るくないね。京葉大学《うちの》では今年から哲学科と美学美術史学科が廃止されてしまったけど、二、三年のうちに文学部そのものがなくなるかもしれないなあ」

「まあ、そうでしたの」

「文学部なんてカネにならないからね。理工系の学部とちがって、スポンサー企業なんてつかないし、産学連携《さんがくれんけい》なんて芸当もできない。たぶん、ここ十年で、日本の大学の半数からは文学部がなくなるだろうし、日本の人文科学そのものが亡《ほろ》びてしまうと思うよ」

「二十一世紀にはいって、日本という国は、ほんとに品性下劣になりましたものね。政治屋と役人と財界人が口をそろえて『ビジネスに結びつかない学問は不必要』なんていってる未開国に、先進国ヅラする資格なんてありませんわ」

ひとしきり、文化や学問をナイガシロにする国への悪口で盛りあがる。ロココ調の部屋に、貝塚さとみがうやうやしくコーヒーを運んで来たところで、本日の用件にはいった。

「今日はセンパイのご専門の分野に関して、貴重なお話をうかがいたいんですの」

平村准教授は、日本にそれほど多くはいない南アジア史の学者で、とくにメヴァト史の専門家なのであった。

「うん、メヴァト史って、だいたい、インド史のついでにあつかわれてしまうんだけどね。でも小国にだって小国なりの歴史があるし、独特の習俗《しゅうぞく》があるんだよ」

かくして平村准教授のメヴァト王国史講義がはじまったのだが、六百年にわたる歴史をすべて語るには、大学での講義をまる一年、必要とするだろう。涼子は、名君だの善政だの平和な時代だのには、まるで興味がなく、かいつまんで暴君や苛政《かせい》や戦役《せんえき》の話ばかり求めた。傍聴《ぼうちょう》の栄誉にあずかった私の意見としては、結局どこの国の歴史もたいして変わらないな、というのが正直なところである。

Ⅳ

一時間近く「講義」をつづけて、その間に平村准教授は麦茶を十杯飲みほした。ひと休みして、雑談風に口を開いたときの話が、私には興味深かった。

「インドにはカーリー女神を崇《あが》める狂信者の集団がいてね、名前はタグ、あるいはタッギ。アルファベットのつづりは、T・H・A・G・G」

「カルト集団なんですか」

「殺人者集団です」

「ほう」

「犠牲者は二千万人といわれてましてね」

もう一度、「ほう」とうなずきかけて、私は愕然とした。二千人でもおどろくべき数なのに、二千万人だって!?

「タグの活動は五百年以上にわたるといわれていて、罪なき旅人を殺すこと、彼らの財産をすべて奪いとることが、カーリー女神に対する信仰の証《あかし》とされたのです」

「しかし、二千万人って、それ以下の人口の国がいくらでもありますよ」

「これは歴史的事実なのよ、泉田クン」

血なまぐさい話が大好きな涼子は、妙に口調をはずませている。百人以上の隊商がAという町を出立《しゅったつ》してBという町に到着するはずなのに、永遠に姿を消してしまう。タグに皆殺しにされたのだ。一八三六年、インドを支配したイギリス軍のスリーマン大佐の指揮によって、タグは潰滅《かいめつ》したのだが、その残党がメヴァトに流入したという説もある、という。

「しかしまあ、それは十九世紀になってからの話。じつはもっとおぞましい存在がメヴァトには古くから伝えられています」

「存在といいますと？」

「外見は人間ですが、じつはちがうのです」

「人間じゃないとしたら、正体は何なのですか」

問いながら、私はちらりと上司の顔を見やった。地球人の皮をかぶっているくせに、異星人《エイリアン》としか思えない性格と能力の持ち主を、私はひとりだけ知っている。

平村准教授は麦茶を十杯分ためこんだお腹をゆすりながら、わずかに声を低めた。

「彼らはゴユダと呼ばれています」

「ゴユダ……」

涼子が口をはさんだ。

「G・O・Y・U・H・D・A。アルファベットのつづりはこうよ」

「ゴユダ、ねえ」

「ひびきの悪い名でしょ」

「ええ、あなた好みの名ではないと思いますが、いったいそれは……」

「姿形《すがたかたち》は人間でも、じつは恒温《こうおん》で二足歩行する爬虫類《はちゅうるい》なんだって。水辺に棲息《せいそく》してるそうよ」

恒温の爬虫類といえば、私が思い当たるものはひとつしかない。まさかと思いつつ、口にしてみる。

「恐竜は変温動物ではなく、恒温動物だった、という説がある、ということは、私も知っております」

「ええ、有力な説よね」

「すると、ゴユダという人間そっくりの怪物は、恐竜が進化したものだ、ということになるんですか」

平村准教授は無造作に十一杯めの麦茶を飲みほした。

「伝説です、説話ですよ。科学的な根拠のある話じゃありません。河童《かっぱ》とか狼男《おおかみおとこ》とか、その種の、架空の怪物です」

「それはそうでしょうけど、伝説の生まれる土壌とかいうものは存在するでしょう？センパイ」

涼子の声に、力いっぱいうなずく准教授。

GO YUH DA

「いい質問だね」

ソファーからテーブルへ身を乗り出し、涼子と私にかわるがわる視線を向けた。

「河童の正体は何か？　まあ、そちらの方角には精《くわ》しくないので、無責任な言及はしたくない。では、ゴユダの正体は何か？」

平村准教授はいささかもったいぶったが、大学の先生にはありがちのことだろう。彼の視線が私の面上にとどまった。

「いかがです、警部補さん、ゴユダの正体は何だとお思いですか？」

「鰐《わに》ですか」

即答した直後、私はおどろいた。平村准教授が、がっくりと顔を伏せたからだ。そのまま哀《かな》しげな声を出した。

「あたりです」

「え、は、あ、そうですか。あたりましたか」

「ええ、ゴユダの正体は、ワニだと思われます。しかし、警部補さん、よくおわかりでしたねえ」

「え、いや、おほめにあずかって恐縮《きょうしゅく》ですが、私は無学なもので、南アジアの水辺に棲《す》む爬虫類というと、ワニしか知らないものですから、試《ため》しにいってみただけなんです。どうも、すみませんでした」

学生の答えに「ハズレ」という教師の愉《たの》しみを、私は奪ってしまったようだった。

「いえいえ」と准教授は弱々しい笑みを浮かべる。おかまいなしに涼子が確認した。

「要するに、ゴユダというのは、ワニ人間だってことなんですね、先輩？」

「うん、まあ、そういうことだ」

ひとつ咳払《せきばら》いすると、気をとりなおしたように説明の言葉を流しはじめた。

「メヴァト王国の領土は、歴史上、広くなったり狭くなったりしたが、いずれにしてもガンジス河の水系だった。密林には虎もいたが、水辺でもっとも恐ろしい猛獣はワニだ。爬虫類だから正確には獣《けもの》ではないが、とくに巨大で強力なやつは、人を丸のみにし、水牛を引き裂き、虎を水中に引きずりこむ。おわかりかな？」

涼子と私はうなずくばかりだ。

「熱帯の大河は雨期になれば氾濫《はんらん》する。洪水が家を流し、人も水牛も象さえも濁流がのみこんでしまう。そのなかでワニは自由に泳ぎまわり、敵をおそい、獲物を狩るのだ」

涼子と私は、ただただうなずく。

「ゴユダの王は天候を制御《せいぎょ》し、豪雨を降らせ、洪水をおこす。そういう説話も生まれた。大災害をすべてゴユダのせいにしたわけだが、憎悪より畏怖《いふ》がはるかにまさる。そうするとゴユダを超越的な存在として崇《あが》める者も出てくる。近代人の目からすれば、邪教の誕生だな。ゴユダは生贄《いけにえ》にされた人の肉を喰うとともに、血をするともいわれ、熱帯アジアにおける吸血鬼伝説にもつながるんだ」

ようやく私は口をはさむことができた。

「吸血鬼って、ヨーロッパだけの産物かと思ってましたが」

「そうでもないんだよ、警部補さん。熱帯アジアにも、そういう説話はあるんです。あ、熱帯アジアというのは、とりあえず、東南アジアと南アジアをあわせてそう呼んでるんですが、先ほどカーリー女神信仰の話をしたでしょ」

「ええ、タグ、でしたか」

「ヨーロッパの吸血鬼伝説そのものが、インドのカーリー女神信仰から派生して西方へ伝播《でんぱ》したもの、という説までありますよ」

「へえ、知りませんでした」

「ま、その点に関しては、専門外だし、深く立ち入るのは避けるけどね」

その台詞《せりふ》は二度めである。平村准教授は、節度をわきまえた学者なのだろう。世間知らずの一面もあって、邪悪な後輩に利用されていることもたしかだが。

それにしても、これが「学術的な捜査」か。学術的にはちがいないが、涼子はこれをどう活《い》かして、何をしでかすつもりなのだろう。

もちろん世の中には奇怪なことがいくらでもあるし、私自身、その種のものに何度も対面した。だから、いまさら唯物《ゆいぶつ》的科学主義を振りまわす気はない。南アジアの「ゴユダ」という伝説の怪物だって、実在するかもしれない。だが、それが現実とどうかかわってくるのか、このとき私にはまだ明確にはわからなかった。

第六章　雨の日に彼女は……

I

熱帯の夜。昼間の温気《うんき》がまだ地上にわだかまり、人々の肌にあらたな汗が噴き出す。密林の上、青黒い夜空に、オレンジ色の満月がかかっている。白い大理石づくりの宮殿が、河の畔《ほとり》にそびえ、水上に突き出たバルコニーでは、国王が美姫《びき》や楽士たちをしたがえて、夜宴《やえん》をもよおしている。笛や琵琶《びわ》の音《ね》が流れ、薄衣《うすもの》をまとった踊り子たちが、蠱惑《こわく》的な肢体をくねらせていた。

西暦でいうと一七〇〇年ごろのことか。当時のメヴァト国王は、政治に熱心ではなかった。昼は狩猟、夜は宴会、そのどちらにも酒と女がつく。もともと豊かな国でもないのに、国王の贅沢《ぜいたく》と悦楽《えつらく》をささえるために、民にはきわめて重い税が課せられ、餓死者まで出るありさまだった。

国王を諫《いさ》める廷臣や、苛政《かせい》に抗議する民衆の代表もいたが、つぎつぎと姿を消してしまう。

国王は若いころ、むしろ英明な王者と思われ、インドを支配するムガール王朝と対《たい》峙《じ》して一歩もゆずらず、信望を集めていた。それがあるとき河を舟で渡ろうとして転覆し、必死の捜索の後、三日後に裸で河に浮いているのを発見された。さいわい蘇生《そせい》したが、それ以後まったく人が変わり、暗君《あんくん》になってしまったという。

あるとき、国王を諫めた宰相との間に応酬がつづき、しだいに激しくなっていった。逆上した国王は、近衛兵《このえへい》に命じ、宰相をとらえさせた。

「主君にたてつく不忠者、生きたまま河に放りこんで見せしめとせよ」

さすがに近衛兵たちはためらったが、くりかえし命じられ、ついに宰相の身体を頭上に持ちあげて河に放りこんだ。宰相の姿はいったん水面に浮かんだが、何頭ものワニがむらがり寄って宰相の身体を引き裂き、喰いちぎり、河面は血に濁った。

これ以後、国王をいさめる者はいなくなった。国王の暴虐《ぼうぎゃく》は一日ごとに募《つの》り、何百人もの若い男女が王宮に呼ばれて、二度と帰って来ない。そして王宮の下流にあたる河のなかから、つぎつぎと人骨が発見されはじめた。人々は恐怖に口をつぐんだ。

ある日、美しい娘が国王の御前《ごぜん》にあらわれ、舞いを披露《ひろう》した。みごとな舞いに喜んだ国王は、彼女をそば近く呼び、色情のおもむくままに抱き寄せた。すると娘は決然として国王をにらみつけた。

「わたしは、あなたさまにむごたらしく殺された宰相の孫娘です。あなたさまのような暗君は、生命をもって民に対する罪を償《つぐな》うべきです！」

叫ぶと同時に、娘は国王に体あたりした。同時に、手にした竹の串を、国王の顔に力いっぱい突き刺す。串は国王の右眼をつらぬいて脳に達した。

国王はおそろしい悲鳴をあげ、反射的に両腕で娘の身体を抱きすくめた。たるみきった身体つきだが、国王は強力《ごうりき》ではあった。娘は国王の腕を振りほどくことができない。国王と娘は抱きあったままバランスをくずし、バルコニーから河面へと転落していった。

人々が舟を出して捜索すると、やがて娘の遺体は美しいまま発見された。同時に発見されたのは異様なものだった。国王の絹の衣服や宝石類をまつわりつかせ、右眼に串を突き立てていたが、人の姿をしていなかった。大きく裂けた巨大な口に、太い尻《しっ》尾《ぽ》、毛のない緑灰色の皮膚、まさにワニそのものだったのだ。

人々は国王の衣服をつけたワニを土中に埋め、娘の遺体は鄭重《ていちょう》に弔《とむら》った……。

メヴァトでは有名な話だそうだ。ただし国王の名も伝わっておらず、メヴァト国史にも記載されていない。

「まあ説話としては、よくあるパターンよね。暴虐な暗君と、親の仇《かたき》を討つ孝行娘。なぜか孝行息子って例はすくないけどさ」

涼子がいう。たしかに、よくある話かもしれない。話を日本の江戸時代に持ってきても通用するだろう。メヴァト国王が悪代官に変わるだけのことだ。日本の悪代官はワニに変身はしないが、かわりに化猫《ばけねこ》に変貌するかもしれない。ただ、竹の串というと、私としては当然、ザナドゥ・ランドでの惨劇を想起せずにいられなかった。これは偶然の一致だろうか、それとも……。

涼子の指摘に、平村准教授はすこしだけ不満そうな目つきをした。

「うん、でも代官じゃなくて国王だからね、やっぱりスケールがちがうよ」

ザナドゥ・ランドでカドガ殿下がおそわれたとき、兇器が竹の串であったことは公表されていない。だからその点については、平村准教授は言及《げんきゅう》しなかったし、私たちも黙っていた。

つづいて、西アフリカにもワニを神とあおぐ信仰があることを平村准教授は話してくれたが、これまた専門外ということで、表面的な説明にとどまった。いちおう話が終わったところで、私はいささか即物的な質問をしてみた。

「そのゴユダっていうのは、強いんですか」

「そりゃ強いでしょうな。虎を斃《たお》し、水牛を引き裂くんだから。こう、水牛の頸《くび》に嚙《か》みついて、頸骨《けいこつ》を粉々に嚙みくだくという話ですがね」

何だか嬉《うれ》しそうな平村准教授である。研究するうちファンになったのだろうか。

「攻撃力はわかりましたが、防御力はどうでしょう？　銃で斃せます？」

「むずかしいだろうね。人間の皮膚の下に、ワニの皮がある。それもただの皮じゃなく、甲冑《かっちゅう》よりもかたいんだから、銃弾も刃《やいば》も、はねかえしてしまうんだよ」

何だか見てきたような話になってきた。涼子が質問をかさねる。

「でも、やっつける方法が何かあるでしょう？」

「さあ、どうかなあ……」

いいかけて、平村准教授は、不審そうな視線を美貌の後輩に向けた。

「それにしても、ゴユダみたいな伝説上の怪物をやっつける方法なんか、どうして知りたいのかね？　警察の捜査に必要なのか？」

「首都の治安をあずかる者として、知っておく必要がありますの、オホホ」

あでやかなだけで誠意に欠ける対応をして、涼子は用がなくなった准教授を追い出しにかかった。

「先輩、どうもありがとうございました。お気をつけてお帰りくださいな」

平村准教授はいささか未練を残すような表情だったが、いすわる理由もなかったようで、大儀《たいぎ》そうにソファーから立ちあがった。私は彼を玄関まで見送った。

それにしても、あれほどメヴァトの歴史や文化に精《くわ》しい人が、今回のカドガ殿下の来日に際して、なぜ政府の諮問《しもん》やら協力要請やらを受けなかったのだろう。

もどってきた私の疑問に対して、涼子は、何やら書類を見ながら答えた。

「あれであんまり酒癖のよくない人でね、文部科学省のお役人と、とっくみあいのケンカになったことがあるの。呼ばれてもことわるんじゃないの。今日は呼んだのがあたしだから来てくれたのよ。だから、ほら、チョビヒゲ王子については何もいわなかったでしょ。口にするのもいやなわけ」

「はあ、なるほど」

そうはいったものの、私はまだ平村准教授の話を聴《き》かせてもらいたかった。こちらに素養がないものだから、的確な質問はなかなかできないが、話を聴くうちに触発《しょくはつ》されることだってあるだろう。涼子だって、それを求めて、大学の先輩を呼びたてたのではないのか。

涼子の指が何枚かの書類をめくっている。のぞきこむか引ったくってやりたい衝動をおさえて、私は問いかけた。

「で、参事官、学術的な捜査とやらはこれで終わりなんですか」

「これで充分よ」

「たしかに学術的ではありましたが、捜査に役立つとは……」

私は口をつぐみ、脳裏《のうり》に点滅するサインをたしかめようと試《こころ》みた。

「まさかとは思いますが……」

「まさかって何よ」

「メヴァトの王室が、人間ではなくてゴユダとやらいう怪物の一族だと思ってるんじゃないでしょうね」

「思っちゃいけないの？」

「いくら何でも、そんなことはありえませんよ」

「根拠は？」

「根拠って……」

そういわれると、返答に窮《きゅう》する。

「証拠があるわけでもないし、ワニ人間だって、人間の精神を持っているなら人権があるでしょう。むずかしい問題ですが」

「姿形《すがたかたち》がワニというだけならともかく、代々、人を食べていたとすれば、王権の正統性なんて吹っとぶわよねえ」

たしかに、それはおぞましい。

古代や中世の専制君主は、民衆の血をすすっていたなどといわれるが、それはあくまで比喩《ひゆ》。重税をとりたてたり、戦争や大土木工事に駆り出したりすることを、「生《い》き血《ち》をすする」と表現したわけだ。実際に人肉を嗜食《ししょく》していたとすれば、そんな王室が民衆や国際社会の支持を得られるはずはない。

「ただ、それはおぞましい話ではありますけど、昔の話でしょう。現在も人肉を喰っているというならともかく……」

ことさら慎重論をとなえるのは、暴走と突進を好む上司につかえる部下の義務である。

涼子の瞳に電光が奔《はし》った。私を見すえる、というより、にらみつける。ひとつ息を吐き出すと、

「じゃ、現在もそうしていたら？」

「人肉を食べていると？　まさか、二十一世紀ですよ。それに、餌《えさ》になる人間が何人

必要になることか……」

三度、かなり激しく涼子は茶色の髪を揺すった。

「あのさ、ゴユダたちは、人肉だけ食べてるわけじゃないのよね。ゼイタクな食事の間にときどき、そう、ゴユダ一匹が一年に十人かそこら。そのていどならいくらでも調達できる。反政府ゲリラに誘拐されたとか、災害で行方不明になったとか……」

いったん言葉を切って、涼子は、ひそやかな息づかいになった。

「誘拐されたり売られたりして行方不明になっている子どもたちが、全世界で毎年、何万人もいるわよねえ。あの気の毒な子たちがどうなったのか、君は気にならない?」

II

涼子の言葉が意味するものに気づいて、私は慄然《りつぜん》とした。メヴァトの王室が、国際的な人身売買組織にかかわっているというのか!?

「移植のために臓器をとり出すとか、性奴隷《セックス・スレイブ》にするとか、児童誘拐の目的はいろいろだけど……」

こころなし涼子は柳眉《りゅうび》をひそめた。

「そのごく一部が、文字どおり食用にされていたとしても、不思議じゃないでしょ？」

「だとしたら、たしかに……おぞましい話です」

その話が事実であり、全世界に公表されたとしたら、メヴァトは国際社会で孤立する。何らかの形で制裁が課せられるだろう。

国連の安全保障理事会《アンポリ》で大国間の談合がまとまれば、メヴァトの王室は存続できないかもしれない。国連軍が進駐し、王室を排除して「民主的な新政府」をつくるわけだ。アメリカにしろ中国にしろロシアにしろ、日本やインドにしろ、べつにメヴァトの王室を守りたいわけではない。稀少金属《レアメタル》が安定的に入手できさえすればいいのだから。

「一家皆殺しにされた前国王……ええと」

「ルドラ三世」

「すみません、そのルドラ三世の一家が皆殺しにされた理由は、こうなると、考えなおす必要があるかもしれませんね」

ルドラ三世の一家十四名が皆殺しにされ、王弟が即位してビクラム二世となった。

誰がどう見ても、弟が兄の一家を皆殺しにしたのだとしか思えなかった。ルドラ三世は開明的な王さまで、民主的な改革をおこなおうとしていたから、ビクラム二世を代表とする守旧反動派によって排除されたにちがいない。

……と、これまで私は考えていたのだ。私だけではなく、多くの人が。だが、もしかして、べつの解答があるのだろうか。

けんめいに頭を整理していると、涼子が意地悪そうな声を出した。

「泉田クンが考えているとおりだとしたら、意外やビクラム二世とその家族は、メヴアト救国の英雄ってことになるわね」

「はあ」

「兄の一家がゴユダの正体をあらわしそうになったから、ビクラム二世は涙をのんで兄の一家を皆殺しにした。そして兄の一家の名誉のために、真相をひた隠しにしている……」

私は黙然《もくぜん》と涼子のやや紅潮した顔をながめた。今回が最初のことではないが、どうしてこの女《ひと》は、私が何をどう考えているかわかるのだろう。よほど洞察力がすぐれているのか、それとも私が単純で底が浅いだけか。

「その可能性を考えてるんでしょ？　あたしは君の考えてることなんて、全部お見通しなの」

「おそれいりました」

「でも、それって、現在の国王一家にとっては、ずいぶんつごうのいい話よね。兄王一家殺害の極悪人と思われていたのが、あえて汚名をかぶった大善人になるってわけじゃない」

「問題は、何が事実なのか、であって、誰にとってつごうがいいか、じゃありませんよ」

ささやかな反撃を私が試みると、私の上司は形のいい鼻の先で笑って、窓外へ視線を放った。あまりの暑さに、メガロポリスは半死半生の態《てい》だ。アスファルトの路面からもコンクリートの壁面からも、灼熱の陽炎《かげろう》が立ちのぼっている。

「まったく、こう残暑がつづくのも、あのチョビヒゲのせいだ。責任をとらせてやるぞ」

涼子が独語《どくご》する。理不尽《りふじん》のきわみである。

「いちおう王子ですよ、あれでも」

「王子ってガラか、あれが」

そういうご本人は、大企業のオーナーのご令嬢で、東大の法学部を全優で卒業したキャリア官僚だが、ときおり信じられないほどガラが悪くなる。

「よろしいですか、事件は公安部の手にうつって、もう私たちの出番はありません。残念ですが、あなたの手はもうおよびません。カドガ殿下は明日には関西方面へ移動して、その後、メヴァトへ帰国しますよ」

そういって一礼すると、私は涼子の前から退出した。

「また用があったらお呼びください」

返答はなかった。事務室にもどってデスクに着く。自分でお茶を入れようとしたら、貝塚さとみが麦茶を持ってきてくれた。

「こりゃどうもありがとう」

「えへへ、ささやかなサービスですぅ。それより、総監って予言者じゃないんですか。いまTVでいってますけど、天候が急変して雨になりそうですって」

「へえ?」

私はTVに視線を向けた。中年のキャスターが、つまらなそうに告げているところだった。

「東シベリア上空で発生した強力な寒気団が南下し、日本の上空で太平洋高気圧と衝突すると予想されます。このため夕方には大気の状態がきわめて不安定になり、雷をともなった強い雨が、一時間に六十ミリ以上、降るおそれがあるとして、気象庁では警戒を呼びかけています。今後の気象情報にご注意ください……」

阿部巡査がたくましい肩をすくめてみせた。

「注意しろったって、どうしろっていうんでしょうね」

「まあ雨が降ったら、すこしは涼しくなるかもしれんな」

丸岡警部は、すこしも期待しない口調だった。TV画面が変わると、女性政治家に対するインタビューがはじまった。カドガ殿下の暗殺未遂事件に関して、国家公安委員長が質問に答えている。

国家公安委員長は五十代の女性だ。各国のテロ対策担当大臣がカナダのバンクーバーで国際会議を開いたとき、しつこく要求してアメリカの国土保安省《HSD》長官と一対一での会談を実現させた。長官はテンプラーという姓の男性だったが、彼女はいきなり長官に抱きついて叫んだのだ。

「ユー・アー・ミスター・テンプラ！　アイ・アム・マダム・スキヤキ！」

長官は茫然として声も出ない。

委員長のオトモをしていた警察庁ナンバー2の次長は、脳貧血《メマイ》をおこし、アメリカ側の警護官にささえられてどうにか転倒をまぬがれた。このニュースを知ったときには、さすがに私も「キャリアもつらいね」と同情を寄せる気になったものである。

国家公安委員長は元気いっぱいのようすだった。

「テロは絶対、容認できない」を十三回くりかえし、炎天下で警備にあたる警官たちの苦労をたたえる。

都内各処に警戒線が布《し》かれ、交通が制限され、通行人の荷物が検査される。カドガ殿下は新幹線で京都方面へお出かけあそばすそうだから、東京駅の警戒はことに厳重だろう。ついでに、といっては何だが、羽田《はねだ》や成田《なりた》の警戒もきびしくなっているにちがいない。

「暑いのにご苦労さんだねえ」

丸岡警部が同情する。

「若いころは街頭警備に駆り出されたこともあるが、あのころは現在《いま》ほど夏も暑くなかったような気がするなあ。いや、それこそ気のせいかね」

「いえ、事実として気温は上昇してますよ。とくに東京はね。ヒート・アイランド現象ってやつですか」

「地球の温暖化とかもありますし、石油なんてあと四十年でなくなっちゃうそうですね」

「ほう、そうかい。だが、しかし変だな」

丸岡警部は左のコメカミを指先でかるくつついた。

「ああ、そうだ、思い出したぞ。子どものころ、マスコミが大騒ぎしたっけ。あと三十年で地球上から石油がなくなってしまう、といってね。もう四十年以上になるな」

「そりゃ変な話だ。大ハズレだったわけですね」

「あれは誰がそんなことをいい出したんだか知らないが、その後、誰も『まちがいでした、すみません』といった者がいないことはたしかだなあ」

「科学者でしょうかね、無責任ですね」

「で、その後、地球は寒冷化して氷河期が来る、といってまた騒ぎになったな」

「え!?　温暖化じゃなくてですかあ」

「逆だよ。寒冷化」

「それじゃ、ほんの二、三十年で、逆になったわけですか」

「うん、まったく逆になったね。科学の進歩だか、環境の変化だか、シロウトにはよくわからんが……」

丸岡警部は指先で左の頰をかいた。

「ただ奇妙なことがあるんだな。昔から気になってるんだが」

若い聴衆が興味をしめしたので、初老の語り手は気分を良くしたようすだ。

「いやね、石油がなくなるとか、氷河期が来るとか、いや温暖化だとか、世界的に大騒ぎして、環境保護が大声で叫ばれる……で、ふと気づいてみると、かならず石油が値上がりして、原子力発電所の数が大幅に増えてるんだな、これが」

「ほんとですかあ!?」

「憶《おぼ》えてるかぎりじゃ、かならずそうだな」

「そういえば、アメリカでも原子力発電所をいっぺんに何十も建設するらしいですね。スリーマイル島だったかな、大事故のあと建設を全面停止してたのに……あれ？」

「何ですか」

阿部巡査が声をあげた。いつのまにか窓の外が暗くなっている。

こういう場合は、「気象庁の予測をあざ笑うように」と書くものなんだろう。夕方にはまだずいぶん間があるのに、早くも上空には黒い雲が走りはじめ、その一部に白く光るものがちらついている。

マンガしか読まない外務大臣が警視庁をおとずれた日も、このような天候だった。

結局あの日は、一時間のスコールで三十ミリの雨が都心部を集中的にたたいたのだが、気温はたいして下がらず、喜んだのは植物だけだった。

今日はどうなのだろう。警視総監の名句（？）を思い出して、私は心のなかで肩をすくめた。

ちょうどそのときだった。

Ⅲ

眼の前で、何かが弾《はじ》けた。透明なものが飛散した。異常なほど大きい雨滴《うてき》が窓ガラスにあたったのだ。おどろく間もなく、窓一面に天からの水がたたきつけられ、厚いガラスを通してその音がひびきわたった。

「ほう、こりゃすごい」

丸岡警部が歎声《たんせい》をあげる。その顔が白い光に照らし出され、二、三秒の間をおいて、雷鳴がとどろきわたった。窓ガラスが波立つかと思われるほどの強烈さだ。

「ず、ずいぶん近いですよお」

貝塚さとみの声が不安そうだ。

わずかな時間で、巨大な滝が東京全体をつつみ、空はかぎりなく黒に近い灰色におおわれた。室内だけが明るい、と感じた瞬間、音もなく世界が暗黒に閉ざされた。

「停電……!?」

あわてて私はデスクに片手をつき、窓の外を見やった。

空全体が青白く閃《ひらめ》く以外、光らしいものは見えない。世界最大の、そしてもっとも危険な人口密集地帯は、高層ビル群も、皇居の森も、影絵となって沈みこんでいる。

白昼の闇のなかで、丸岡警部が、ふたたび歎声をあげた。

「えらいことだ、東京の都市機能がマヒしてしまうぞ」

「落雷による停電なら、すぐ回復するでしょう」

「だといいがな……おいおい、貝塚クン、何をしてるんだ？」

暗いのでよくわからないが、貝塚さとみはデスクの下に身を隠しているらしい。私はつい笑い出した。

「だいじょうぶだって、建物には落ちやしないよ」

低い位置から反論がわいた。

「そんなことといっても、こわいものはこわいです。警部補は、雷がお好きなんですかあ？」

「雷を好きな人間がいるわけないだろ」

私が決めつけると、貝塚さとみは、デスクの下から顔を出し、ある方向を指さして異論をとなえた。

「あそこにいるみたいですけど」

指の先には、私たち一同の上司がいた。いつのまにやら、自分の執務室から出てきたようだ。両手を腰にあて、窓外を荒れくるう閃光《せんこう》を、恐れげもなくながめている。用件があるなら聴かねば、と思って近づこうとした私の耳に、凄《すご》みのある声がとどいた。

「ふっふっふ、いいぞいいぞ。雨よ降れ、風よ吹け、雷よ咆《ほ》えろ。ナマイキな人類に天界の鉄槌《てっつい》をくらわせてやるのだ……！」

私のななめ後ろで、阿部巡査が感心したようにささやく。

「似あいますねえ」

「似あいすぎだよ。まったく、何を考えてるんだか。いきなり暴発しなけりゃいいんだが……」

私の額《ひたい》から頬へ、汗が流れ落ちた。不安の冷たい汗ではない。見ると阿部巡査の顔にも汗の玉がいくつか浮かんでいる。

「冷房も切れましたね」

阿部巡査の声で、急に私は暑苦しさをおぼえた。音をたてるような勢いで室温が上昇していく――わけはないが、そのような錯覚をさそわれる。

ノックする音につづいてドアが開き、庁舎管理の事務官が短く報告する。

「停電はすぐには回復しません。送電線に落雷したそうです」

「まいったね、どうも」

丸岡警部がタオル地のハンカチで顔をふく。

「わたし、ちょっと情報を集めてきますう」

デスクの下からはい出した貝塚さとみが、おっかなびっくりの態《てい》でドアから出ていく。

停電と同時に、地下鉄は全線がストップする。何万人もの男女が、暗黒と暑熱《しょねつ》のなかに閉じこめられたことになる。まだ通勤時の帰宅ラッシュは始まっていないが、それまでに回復しなかったら大混乱がおきるだろう。

「こりゃ悪くすると、二日つづけて帰宅できんかもしれんなあ」

丸岡警部がつぶやく。私も地下鉄を利用する通勤者だから、官舎に帰れなくなる可能性が強い。職業がら替えの下着などはいつもロッカーに用意してはいるが、丸岡警部や私は男だからまだいい。女性たちはたいへんだろう。

涼子の姿をさけて別の窓辺に近より、地上をながめおろして、阿部巡査がうなり声をあげた。

「道路はもう川ですよ」

すさまじいばかりの増水だ。予報では「一時間に六十ミリ以上の雨」といっていたが、結果としては一時間に百三十ミリに達したのである。東京全体がナイアガラの滝に放りこまれたかのような豪雨だった。

「八重洲《やえす》や銀座の地下街に水が流れこんだら、死者が出るかもしれんぞ」

「地下鉄の構内にもね」

「渋谷《しぶや》なんて中心部が水没してしまいますよ」

「まさか隅田川《すみだがわ》や江戸川《えどがわ》が決潰《けっかい》したりはせんだろうな」

「何日も降りつづく長雨じゃないから、そこまではいかないと思いますが」

なす術《すべ》もなく話していると、貝塚さとみが早足でもどってきた。

「庁内のエレベーターも停止しました」

息をはずませて報告する。

「合計七、八十人がエレベーターのなかに閉じこめられています。そのなかには、公安部長や公安一課長もいるみたいで……」

この報告で喜んだのは、私たちの上司である。両手を腰にあてて高笑いした。

「いい気味だ、天罰ってものよ」

私は公安部は大きらいだ（それこそ刑事部の伝統というものである）。ただ、公安部長個人に対しては、べつに怨《うら》みはないから、エレベーターに閉じこめられた窮状《きゅうじょう》を思えば、せせら笑うのはさすがに気が引ける。

「そういうことで、はしゃいじゃいけませんよ」

「他人の不幸を喜べない君って、不幸ね」

「不幸でけっこうです……おや？」

非常電源がはいったらしい。視界に人工の光がもどった。ただ、煌々《こうこう》とはいかず、薄明るいていどのオレンジ色だ。エレベーターもようやく動き出したと思ったら、電力供給の関係で動くのは二台だけ。乗れない者は当然、階段を使うことになり、汗まみれの男たちが息を切らしながら上ったり下ったり、途中で疲れはてすわりこむ者もいるというテイタラクである。これで首都の治安が守れるかどうか、と思っていたら、午後二時半のこと。

「電話が通じなくなった！」

「停電でも電話は通じるだろう」

ところが、最近の電話はAC電源とやらを使うタイプが多く、停電と同時に使えなくなる。

「旧式のダイヤル電話なら使えるそうだ」

「そんなものあるわけないだろ！　最新式の設備が売り物なんだからな！」

「携帯電話を使え。そのうち固定電話も復旧するさ」

ところが十分もたたないうち。

「携帯電話も通じなくなった」

「何で!?」

「基地局が停電したんで、電波が中継できなくなったんだ」

「いつ回復する？」

「見当もつかないね」

警察無線だけはまだ通じており、都内各処の状況を刻々と伝えてくる。よく知らないが、首相官邸なんかもそうなのだろう。ただし伝わってくるのは嬉《うれ》しくないニュースばかりだった。

「地下鉄、私鉄、JRは全面ストップ。新幹線もだ」

「道路の信号も消えた。増水とあいまって、都内の道路はもう、大混乱なんてものじやない」

「路上に放置された車は推定一万台」

「銀行やコンビニエンス・ストアの現金自動支払機《ATM》も、全部とまった」

「こんな豪雨のなか、銀行なんかにいくなよ!」

午後三時になっても、白昼の暗黒は頭上から極東のメガロポリスをおさえつけていた。クーラーは動かず、窓は開かず、室温は三十三度C、さらに上昇中。まだ水道は使えるが、蛇口から出る水はぬるま湯にひとしい。

私は濃い灰色に沈む窓外をながめた。ながめてどうなるものでもなかったが。いやな気分だった。荒れくるう天候も、汗のしたたる室内もさることながら、

「自分の知らないところで、何かが起こっている」

という感覚である。

私はハリウッド映画に登場するアメリカ大統領補佐官ではない。世界各国の最高機密に通じているわけではないし、権力の中枢《ちゅうすう》に席を占めているわけでもない。職場こそ警察だが、平凡な小市民だ。どこかにいる何者かの手に、何万人もまとめて命運《めいうん》をにぎられている小さな存在でしかない。

「泉田クン、いくよ」

突然、上司が意思表示した。

「は？　どこへ？」

「流行《はや》らなくて閉店寸前のバー」

「外出なさるんですか!?　危険ですよ。パトカーは手配しますが……」

「必要なし。庁内だから」

あわてて後にしたがう私に、

「さっき教わったでしょ、泉田クン」

意味ありげな声を投げつけた。

「ゴユダの王には、天候を制御する能力があるのよ」

窓外が白くかがやいて、涼子の影が兇々《まがまが》しく廊下に伸びる。

「やめてくださいよ、いくら何でも……」

雷鳴が目に見えないハンマーとなって、警視庁ビルをゆるがした。大の男である私でさえ、思わず首をすくめてしまったが、涼子は平然たるもの、柳眉《りゅうび》ひとすじ動かさない。豪胆なのか無神経なのか、いずれにしても尋常ではない女《ひと》ではある。

Ⅳ

警視庁警備部参事官の室町由紀子警視は、白い秀《ひい》でた額に汗をにじませ、可能なかぎり冷静に、邪悪な同窓生とそのオトモを迎えた。警備部はほとんどの人員が出払って、閑散《かんさん》たるもの。「閉店寸前のバー」とは、失礼だがよくいったものだ。不運な室町由紀子は、留守番役をおおせつかったのだった。

「で、何しにいらしたの？」

「べつに」

そう答えてから、涼子は、ひときわ邪悪なオーラを虹《にじ》色に立ちのぼらせた。

「ここが警視庁で一番ヒマそうだったから、ちょっと寄ってみただけ。古文の授業で習った『かげろふ日記』だったっけ、誰ひとり訪ねてきてくれない女ほどアワレなものはないものねえ」

「薬師寺は、捜査上のいきづまりを解消したく、室町警視のご協力をあおぎに参上いたしました。お時間を拝借《はいしゃく》できれば幸いです」

私が「通訳」すると、由紀子は胸の前でかるく手を組み、私を見やって小さく頭《かぶり》を振った。私は美しい女性教師の前の不良中学生みたいな気分になった。あせったので、僣越《せんえつ》にも、上司より先に自分の言葉で質問してしまう。

「ええと、例のカドガ殿下の影武者ですが、まだ解剖は始まっていないのでしょうか」

「解剖はされないことになったの」

「え、メヴァト側の意向ですか」

「ええ、メヴァト仏教の宗旨《しゅうし》では、他人を救って死んだ者の身体は神聖なもので、解剖は認められないのですって」

宗教上の理由に、外交上の配慮。日本側としては、メヴァト側の意向を受け容《い》れるしかなかっただろう。第一歩からして、日本側に弱みがある。未遂に終わったにせよ、カドガ王子の警護に失敗したのだから。

殺された影武者の遺体は、大量のドライアイスをつめた柩《ひつぎ》に納められ、駐日メヴァト大使館に安置されているという。カドガ殿下が帰国する際、ともに祖国に運ばれ、「国家功労者の墓地」に埋葬されるのだそうだ。

「表向きはそれでいいとして、裏面《うら》に何かあるのでしょうか」

「それはわからないわ。あんがい表も裏もないかもしれないし、情報をまったくもらえなくなったから、無責任なことはいえないの」

「公安部のサシガネでしょうか」

返事がないのが返事だった。

室町由紀子自身も、公安部長にねちねち虐《いじ》められたらしい。警備部長は由紀子に、「この件にいっさいかかわるな」と命じ、都内各処で機動隊が出動する事態なのに、由紀子ほどの人材を留守番役にして他出《たしゅつ》したのだった。

「いずれにせよ、公安部は、部外者を完全に排除するつもりでいるわ」

それまで沈黙していた涼子が声高くせせら笑った。

「そしてめでたく迷宮入り。ハッ、これでいったい何度めのことかしらね。G事件、M事件、K事件……」

「あれえ、涼子サマ、いらしてたんですかあ」

なれなれしい声がして、チャボが一羽ころがってきた。ちがった、岸本明警部補だ。雨にぬれたようすもないので、警視庁ビルから外へ出たわけでもなく、不在だったのはトイレにでもいっていたのだろう。

「いらっしゃるなら、あらかじめ連絡していただけたら、お茶とお菓子ぐらい用意しましたのに。泉田サンも気がきかないなあ」

「悪かったよ。それにしても、お茶とお菓子の代金は誰が持つんだ？」

鋭い質問のつもりだったが、岸本のやつ、私の声を無視し、目に見えないシッポを振りながら、「涼子サマ」に接近する。

「岸本、あんた、あたしに近づくからには、あたしの得になる情報のひとつぐらい持ちあわせてるんでしょうね」

「もちろん、ですとも」

「岸本警部補！」

由紀子が叱咤《しった》すると、チャボ岸本はちょこまかと涼子の背後に隠れた。由紀子は憤然として涼子の背後にまわりこみ、岸本の襟首《えりくび》をつかもうとして——私と視線があった。白皙《はくせき》の顔に朱《あか》みがさして、彼女は行動を停止する。

それをいいことに、岸本が早口でしゃべりたてる。

「あのね、カドガ殿下が関西にいくのは、京都や奈良へいくというのは表向きで、じつは大阪の造幣局《ぞうへい》へいくんですよ」

「造幣局？　何しに？」

つい尋ねてしまった。

トクトクとして岸本が説明する。このたび金満メヴァト王国が、世界最大の金貨を発行することになり、その製造を日本が請《う》けおったのだという。

「直径五十三センチ、厚さ三センチ、重量百キロ、価格は二百万ドルになります。枚数は百枚」

世界最大の金貨。マンホールの蓋《ふた》が黄金でできているようなものだ。おさない子どもが下敷きになれば、圧死してしまうだろう。

「一枚が二百万ドル、百枚だと二億ドルになる計算ね」

涼子がたちどころに計算してみせる。さすが大きな金額を計算するのは速い。

「それにしても、自国の貨幣を製造するのに外国の造幣局を使うんですかねえ」

「あら、けっこうよくある話よ。日本やドイツは造幣や印刷の技術がすぐれているから、外国のおカネをつくるよう、よく依頼されてるわ」

「さすがお涼サマ、よくご存じで……」

オベンチャラをいいかけたチャボ岸本が、きゃっと悲鳴をあげた。振り向きざま、涼子が蹴とばしたのだ。

「どさくさにまぎれて、あたしのお尻をさわるな！　なぶり殺しにされたいか！」

「ご、誤解ですう。偶然、接触しただけですう」

弁明しながら、チャボがころがってきたので、しかたなく私は助け起こしてやり、ついでに一言ほめてやった。

「そんな重大なこと、よくわかったな」

「えへへ、ボク、ほら、人脈がすごいですから」

自分でいうな。とはいえ、岸本の自慢は九十九パーセントが事実である。外務大臣も、以前の防衛大臣も、きわめてディープな趣味を通じて、岸本とは厚くて熱い友情を育《はぐく》んでいるのだ。キラワレ者の薬師寺涼子より、妙に目上のヒイキ筋《すじ》が多い岸本明のほうが、もしかして天下とりに近いのではないか、と思うときすらある。しかし、どちらにしてもイヤな時代だなあ。

「ジャマしたわね、お由紀、それじゃまた」

「ちょっと、お待ちなさい、お涼、わたしからも話があります。だいたい、あなたは……」

「とめてもムダよ。あたし、いそがしいんだから」

バチあたりの極致《きょくち》ともいうべき台詞《せりふ》を放り出して、魔女は出ていく。私は一瞬ためらったが、由紀子に向かって三度、深く頭をさげ、上司の後を追って飛び出した。このとき岸本を突きとばしたのは、故意ではない、あくまでも偶然の接触である。

「ついてくるのがおそいッ！」

廊下に出るなり一喝されたが、このていどの理不尽には慣れている。形だけスミマセンとあやまって、私は反撃した。

「参事官、私にも気になっていることがあります。お答えいただきたいのですが」

「ナマイキな、いったい何よ」

「平村准教授をお呼びしたことについてです。今朝、リムジンの車内で思いつかれたんですよね」

「そうだけど」

「あのとき、あなたがわざわざみんなの前で携帯電話《ケータイ》をかけたときのことを思い出しまして」

「へえ、それで?」

「いえ、メールを打ってもいいところ、通話をなさってたなあ、と」

そのとき涼子は、四人の部下の前で京葉大学の平村准教授と話したのである。

「それがどうかしたっていうの?」

「いろいろ解釈の余地があるなあ、と思いまして」

「どういう解釈よ」

「そのていどのこと、昨夜のうちにできることなのに、なぜ今朝になって持ちかけたのか、謎に思えます」

「謎なんてないわよ。今朝になって思い出しただけ」

「そうでしょうか。あなたは時間をムダにしない女《ひと》です。いままでずっとそうでした」

「ふうん、それって、ほめてるの？」

「事実を申しあげているだけですよ」

「あたしたち、オトナの会話をしてるわね」

「……ちがうと思います」

刑事部参事官室にもどった早々、非常用の庁内電話が、緑色のサインを点滅させた。涼子が私より早く手を伸ばして受話器をつかむ。ほんの二言三言で通話を終えると、受話器をもどしながら皮肉な笑みを浮かべた。

「チョビヒゲ王子のやつ、皇居から出てきたってさ」

「雷雨の中を、ご苦労さまですね」

どうせ最高級のリムジンの車内でふんぞりかえっているだろうから、雨なんぞ関係ないだろう、と思えば、そうでもない。道路が冠水《かんすい》すれば、車ごと水没する危険もある。皇居を出たあと、王子さまはどうするのか。

「ひとまず大使館にいくみたいだけど」

「駐日メヴァト王国大使館って、どこにあるんでしたっけ」

「……港区《みなと》高輪《たかなわ》一丁目」

涼子が応答するのに、わずかな間があった。高輪一丁目といえば、涼子が住む超豪華マンションのごく近くではないか。

「何だ、ご近所さんじゃないですか」

「まあね」

うなずく涼子の半面が白くかがやいた。もはや何度めのことか、算《かぞ》える気にもなれない。閃光が消え去るより早く、轟音《ごうおん》が建物をなぐりつけ、九月の大気を撃ち砕いた。

しびれてしまった鼓膜《こまく》を、しつこい残響《ざんきょう》がゆさぶりつづける。私は不快な落雷音を、聞いていなかった。直前のすさまじい電光が、私の眠りかけた記憶を照らし出し、埋もれていた疑問を石油みたいに噴出させたのだ。

どんな疑問かって？

それをまさに私が上司に向かって投げかけようとしたとき、涼子のほうが先に口を開いた。ただし言葉は出てこない。彼女の明眸《めいぼう》は鋭さと強さを増し、私のほうを見ている。私の肩ごしに、何かを凝視《ぎょうし》している。

私は身体ごと振り向いた。

俳句同好会の面々、ではない、丸岡警部に阿部巡査に貝塚さとみも、椅子から立ちあがり、目と口をO《オー》の形にして見つめている。

見つめられているのは若い女性だ。室内だというのにフードつきのレインコートをまとったまま。レインブーツの足もとには水たまりができている。

「ご苦労さま、刑事さんたち」

天候にも場所にもそぐわない朗《ほが》らかな声を出したのは、半魚姫こと、サリー・ユリカ・トルシガンであった。

第七章　水曜日は水難日

I

「マリちゃん！」

と、声に出したわけではない。だが、私の視線を受けて、阿部真理夫巡査は、巨体を素早く移動させた。フットボールのプロ選手にも劣らない速さで、参事官室のドアを背にして立つ。半魚姫サリーの退路を絶《た》ち、いつでも彼女の背後から組みつこうという構え。

いいぞ、マリちゃん。チャボ岸本の五百倍は役に立つ男だ。

私自身も両足の踵《かかと》をかるく浮かせ、格闘にそなえた。私と阿部巡査との二人がかりで拘束《こうそく》できなかった被疑者など、これまで存在しない。

だが、レインコート姿の美しい闖入者《ちんにゅうしゃ》は平然たるものだった。あのレインコートの下に兇器が隠されているのだろうか。

涼子がゆっくり紅唇《こうしん》を開いた。

「どうやってここまでやって来たのか、尋《き》いておこうかな。警視庁《ちょう》の玄関は、通行自由じゃないんだけど」

「べつに何の問題もない」

陽気といってよい口調で、半魚姫は答えた。

「玄関前で、刑事部参事官の薬師寺涼子警視に呼ばれて来た、といったら、めんどうそうに通してくれたのさ」

玄関を守る警官たちにしてみれば、さわらぬ魔女にタタリなしというわけだ。

「どうしてあたしの名を？」

「もちろん、平村准教授《せんせい》からうかがったのさ」

サリー・ユリカ・トルシガンは唇の両端をつりあげて笑う。対照的に、涼子は唇の両端をわずかに下げた。

「あんた、京葉大学の学生だっけ？」

「ノー。どうせ知れることだけど、横浜女子大学よ。平村先生はわが母校の客員講師

「先生に対して敬語をきちんと使うのは感心だこと。さすが名門女子大は躾《しつけ》がちがうわね」

「おほめにあずかって恐縮」

「礼をいうのは早いわよ。呼びもしないのにノコノコやってきたのはなぜ？　いっとくけど、お茶もお菓子も出す気はないからね」

半魚姫サリーは、舌の先で下唇をなめた。ルビーのように紅《あか》い舌の先は細く尖《とが》っている。

「わからないか？　あんまり日本の警察が無能なんで、こちらから来てやったのさ」

「図に乗るんじゃない。ここは刑事部。能なしの公安部と同一視すると痛い目にあうわよ」

「そうかな。刑事部だってずいぶん事件を迷宮入りさせてるんじゃないか？　たとえば……」

半魚姫の声を、涼子がさえぎる。

「迷宮入りになる理由は当然あるわよ」

「どんな理由だ」

「あたしをさっさと刑事部長にしないからよ、決まってるじゃない」

サリー・ユリカ・トルシガンは一笑《いっしょう》した。

「そいつは残念なことだ、さまざまな意味で」

私が彼女を凝視しているのは、彼女の激発にそなえているからだ。ところが私の上司は、それを曲解したようだった。

「泉田クン、見とれるのもホドホドにおし」

「べつに見とれてませんよ」

「こいつは地上人の皮をかぶった猛獣なんだから。アジアン・ビューティーにヨダレたらしてると、痛い目にあうわよ」

「猛獣は猛獣を知る……」

「何かいった!?」

「いえ、べつに……」

「ハッ、ジャパニーズ・ポリスでは、マンザイの訓練までしているのか。免職《クビ》になったとき、路頭《ろとう》に迷わずにすんで、けっこうなことだね」

半魚姫サリーが、せせら笑う。ずいぶん不本意ないわれようである。

「いわせておくんですか」

といってくれたのは阿部巡査だ。柔弱《やわ》な男ではないが、異様な緊張状態がつづくのに耐えかねたらしい。丸岡警部も貝塚さとみ巡査も、立ちあがったままデスクに手をついている、といった状態がつづく。

涼子が阿部巡査に応《こた》えた。

「もうすこしいわせてやるわ。ただし、質問に答えてもらう形でね。念のため尋くけど、この豪雨はあんたが降らせたの？」

「わたしには、天候をコントロールできるような能力《ちから》はない」

「この豪雨を降らせたのは、あんたじゃないっていうの？」

「降らせたのはわたしだ」

無造作《むぞうさ》に肯定する。

「それじゃ、やっぱり、天候をコントロールできるんじゃないの。意味のない否定をするんじゃないわよ」

「いや、コントロールはできない」

あでやかなアジアン・ビューティーの笑顔。無数の悪意が小さな光の粒になって、半魚姫の表情をきらめかせる。

「わたしは雨を降らせることはできる。だが、雨を降りやませることはできない」

「まったく、ハタ迷惑な女だこと」

涼子は舌打ちする。室内の全員が、まったく同感、と心にうなずいたことだろう。自分たちの上司よりハタ迷惑な女性が日本に存在するとは、新鮮なおどろきではある。

「たしかにあんたは自己顕示欲のカタマリなんだろうけど、自慢話をするためだけに、豪雨のなかをここまでやって来たとも思えないわね」

「ではどう思う？」

「ちょっと、やたらと動きまわらないでよ。床がぬれるじゃないの。掃除がたいへんなんだからね」

「これは失礼」

「足より口を動かすのね、それも正しい方向に。ここへ来たほんとうの目的をおいい」

涼子の眼光を見て、半魚姫サリーは、愉《たの》しそうに応じた。

「おまえはジャパニーズ・ポリスでも最大・最悪・最過激のトラブルメーカーだと聞いている」

「お世辞《せじ》はやめてよ」

いや、お世辞じゃないと思うぞ。

そう思いつつ、口に出してはこういった。

「参事官、ご命令を」

私の言葉に、阿部巡査もうなずく。肉の厚い顔は汗と緊張にまみれている。私の顔も似たようなものだろう。

「まだ」

短く鋭く応じて、涼子は半魚姫をにらみつける。

「あんたはメヴァトの国情にくわしいようだけど、だったら、ザナドゥ・ランドで影武者を殺したのはなぜ？　真物《ほんもの》のカドガの顔を知ってたんでしょうに」

「処刑しただけさ」

「処刑？」

「あの男、カドガの影武者をつとめていたバースカラ、あいつには、簒奪者《さんだつしゃ》ビクラムの手先になって、ルドラ三世の一家を殺害した罪がある」

「つまり直接の下手人《げしゅにん》だっていうの？」

「そう」

「ルドラ三世の一家十四人全員を殺したの？」

「十四人全員じゃない。あいつが殺したのは四人だけ」

「どの四人？」

「子どもたちだ。ひとりずつ、まず腹を撃って動きをとめてから、頭を撃ってとどめをさした」

かるくサリー・ユリカ・トルシガンはいってのけたが、日本人一同は胸の悪くなる思いをした。カドガ殿下の影武者の、さわやかな笑顔を想いおこすと、不快感と嫌悪感がせりあがってくる。

私は尋ねずにいられなくなった。

「だからといって、君がなぜ彼を殺す？　処刑といったが、君はメヴァト王室の処刑人だとでもいうのか」

サリー・ユリカ・トルシガンはちらりと私を見やったが、返答はしなかった。

「あのう、そういったことは逮捕してから尋問したらどうかな」

丸岡警部が沈黙を破る。もっともな意見だ。私と阿部巡査は視線をかわし、それぞれ一歩、できるだけさりげなく半魚姫に接近した。彼女は横目で私を見、顔を動かして阿部巡査を一瞥《いちべつ》した。余裕の表情だ。

涼子は私に向かってかるく頭《かぶり》を振ってみせると、半魚姫サリーに問いかけた。

「で、一連の茶番劇《バーレスク》において、ＡＰＣが演じた役割は？」

ＡＰＣ、アングロ・パシフィック・コーポレーション。シリコンバレーの巨大企業だ。近年、メヴァト王国との関係が深い。以上、すべて涼子が教えてくれたことだ。

半魚姫サリー・ユリカ・トルシガンは、ちろちろ舌をうごめかせた。

「ほう、やはりＡＰＣのことを気にするか」

「やはり？」

「薬師寺涼子、おまえがＡＰＣのことを嗅《か》ぎまわっていたことはわかっていた」

「あら、さようですの」

「とぼけるな。これ見よがしに調査させていたそうじゃないか。どうしてそんなことをした？」

「嗅覚がするどいのも善《よ》し悪《あ》しでね、悪臭にはつい過敏になるのよ。ましてＡＰＣが世界各地でやっていることといったら、おお、くさいくさい、腐った権力とカネと、有毒な廃水と、死体の臭いだもんね。月面にいたって嗅ぎつけられるわよ」

形のいい鼻を、わざとらしくつまんで、眉をしかめてみせる。

「廃水口に棲《す》みついてると、臭いが伝染《うつ》るのよ。どんなに厚化粧していてもね」

「わたしの肌は美しい。誰のことをいっているのかわからないが、いずれにしてもおまえは、自分自身に死刑を宣告したのだ」

ひえびえと、半魚姫は告げた。

II

「君はAPCとどういう関係なんだ？」

私は問いかけたが、サリー・ユリカ・トルシガンは冷然と黙殺《もくさつ》した。ゆるやかに右手があがり、二本の指が涼子に突きつけられる。

「APCとわたしは、同一の結論に達したのだ。薬師寺涼子、おまえを生かしてはおけない、と」

涼子は動じる色もなく、ゆっくり腕を組んで半魚姫を見返した。

「なるほど、ここへ来た目的はそれだったの。おもしろい。飛んで火に入るプテラノドン、返り討ちにしてあげる。どこからでもかかっておいで」

すっかり気分はティラノザウルスなのであった。半魚姫サリーが危険な満足感をしめす。

「おまえならそういうと思った」

「だめですよ、参事官、こいつはテロリストです。個人的な決闘なんかで、事をかたづけないでください」

「何いってるの、手を出したら承知しないからね。まさか、こんな半魚人の女に、あたしが負けるとでも思ってるの、君？」

薬師寺涼子が負けるわけはない。だが、ここまで前代未聞《ぜんだいみもん》の状況をつくられると、結果がどうなるか不安になるのも事実だ。

「でしたら、どうか生かしてつかまえてくださいよ」

オトナの妥協と呼んでほしいものだ。だが、いずれにしても、半魚姫サリーが相手にしているのは、涼子ひとりだった。

「決戦の時間は、わたしが選んだ。だからどこを戦闘地域にするかも、わたしが選ぶ」

ブーツの踵《かかと》が床をたたいた。

「ここだ。この豪雨と洪水で、じゃまするものはいない。どこからも援《たす》けはこない。証人はたくさんいる。絶好の環境だろう？」

サリー・ユリカ・トルシガンのいうとおりだ。どれほど猛者《もさ》ぞろいの機動隊でも、水の包囲陣を突破して本庁へ駆けつけるのは不可能である。

涼子は組んでいた腕をほどいた。

「いっとくけど、あたしは、他人に主導権をにぎられるのが、とおってもきらいなの」

まったくの事実だ。涼子に対して主導権を確保しようとした者が、どういう目にあわされたか、実例をいくつも私は知っている。

「その点は、わたしも同様だ。残念ながら、似た者どうしは気があわないものだな」

「けっこうわかってるじゃない。で、あんたはゴユダなの？」

単刀直入《たんとうちょくにゅう》に、涼子が問う。サリー・ユリカ・トルシガンは声高く冷笑した。

「ゴユダ、ゴユダ、熱帯アジアの大河と密林にひそむ伝説の生物。そんなものが実在すると、本気で信じているのか？」

「あんたが実在するのはわかってる。それで充分よ。もっとも、あんたの正体に興味を持つ医師やら科学者やらは、たくさんいるでしょうね」

「では、わたしをつかまえて解剖でもしてみることだ」

「してやろうじゃないの。でも、実印は持ってきたんでしょうね」

「実印？」

「そうよ。あんたは、自分を解剖するという同意書に、署名捺印《なついん》するんだから」

サリー・ユリカ・トルシガンが笑った。笑いながら、右手をレインコートのボタンにかけた。ゆっくり、ひとつずつはずしていく。ほどなくレインコートは床に落ちた。

　レインコートの下はスイムスーツだった。

見せるための水着ではない。競技に出場する水泳選手のためにつくられたものだろうが、それでも、息をのむほど流麗なボディラインは隠しきれなかった。露出しているのは首から上と両手首から先だけだ。いや、足首から先も、本来はむき出しのはずだが、黒っぽい、やわらかそうなブーツをはいている。

「何よ、JACES《うち》の商品じゃないの！」

　オーナー社長のお嬢さまが叫んだ。

「JACES《ジャセス》の商品!?」

「災害や事故にそなえて、着衣のままでも泳げる服を開発してるのよ。こいつのはいているブーツは、その最新商品なの！」

　素足だと、石やガラスの破片を踏んで負傷することもある。はいたまま泳げる特殊素材のブーツに、半魚姫サリーの周到さがしめされていた。

「いきます！」

力強い宣言は、阿部巡査のものだ。これ以上の猶予《ゆうよ》は必要なしと判断したのだろう。太い両腕をひろげ、おおいかぶさるように半魚姫サリーに向けて突進した。

信じられない光景。

プロレスラーなみの巨体が、女性のキック一発で宙を飛んだ。阿部巡査は苦痛よりも驚愕の表情を浮かべたまま、背中からデスクにたたきつけられている。ちょっとした地震なみの鳴動が生《しょう》じた。

間をおかず、半魚姫は身体をひるがえし、丸岡警部めがけて強烈なパンチをくり出した。

かろうじて丸岡警部はかわしたが、腰がくだけた。床を踏み鳴らして二、三歩後退し、そのままひっくりかえる。半魚姫サリーの身体が宙に浮いた。にわかに動けない丸岡警部に、飛び蹴りをくわせようとする。

私はデスク上のファイルをひっつかみ、美しい女テロリストの目をめがけて思いきり投げつけた。半魚姫は手で払いのける。空中でわずかに体勢がくずれ、着地したのは丸岡警部から五十センチほど離れた床の上だった。ころがって回避する丸岡警部に目もくれず、眼前のデスクを両手でつかむ。

「伏せろ！」

伏せるというより、床へのダイビング。床に這《は》った私たちの頭上を、スチール製の重いデスクが飛び去った。うなりを生じて。

ついで、何かが弾《はじ》ける音がひびきわたった。またも信じられない光景。デスクは窓を直撃し、防弾ガラスが砕け散ったのだ。破片の雨とともにデスクが姿を消すと、割れた窓から真物《ほんもの》の雨が吹きこんできた。

「賠償させてやる！」

涼子がどなった。

「東京都民の血税で買いこんだ防弾ガラスとデスクを、よくもこわしてくれたな。この納税者の敵め。あたしが毎年いくら都民税を払ってると思うんだ！」

雨で上半身がぬれ、髪が乱れても、涼子の美しさはそこなわれない。むしろ生命力と闘志が燃えあがって、野生のバラさながら、さらに美しい。

何を思ったか、半魚姫が身をひるがえし、ドアへ向かう。丸岡警部を助けおこしながら、私は叫んだ。

「まて！　逃げられるとでも思ってるのか」

足をとめると、半魚姫は不快そうに私をにらんだ。「逃げる」という単語が気にさわったらしい。

「逃げるのではない。決着をつけるため、場所を変えるのだ」

「どのみち警視庁の外へは出られんぞ」

「出られるさ」

「どうやって!?」

「わたしが教えるとでも思ってるの？」

サリー・ユリカ・トルシガンは、左右の掌《てのひら》を上に向け、二、三度かるく動かした。知りたければかかっておいで、というところだ。

挑発である。だが、乗るしかないか。

思いきって私が彼女に向かって歩きだそうとしたとき、ドアが開いた。

「騒がしいぞ。参事官室はいつから幼稚園になったのかね。場所をわきまえてだな……」

お説教がましい声がして、一見《いっけん》紳士風の中年男性が姿をあらわした。

われらが上司、刑事部長どのである。室内を意地悪そうに見わたし、半魚姫のスイムスーツ姿に気づいて目をみはった。瞬間。

「部長、あぶない！」

叫ぶと同時に、涼子は力いっぱい刑事部長を突きとばした。

わッ、と叫んで、刑事部長はよろめいた。くずれた姿勢のまま、床を踏み鳴らす。三歩、四歩とつんのめって、まさに転倒しようとしたところを、二本の腕にささえられた。スイムスーツを着た美女の腕に。

「あら、方角をまちがえちゃった」

涼子がかるく舌を出した。舌まで美しいのだが、どんなに美しかろうと毒蛇の舌だ。

刑事部長の背後に、半魚姫が立っている。左腕を部長の頸《くび》にまわし、右手で部長の右手首をつかんでいるのだ。部長が苦しげにうめくと、涼子はわざとらしく耳に手をあてるふりをした。

III

「ええ、刑事部長、たしかにうけたまわりました。『自分はどうなってもいいからテロリストを射殺しろ』と、こうおっしゃるのですね」

「こ、こら、誰がそんなことをいった」

「アッパレ警察官僚の鑑《かがみ》、公僕のお手本！　日ごろ警察の悪口ばかり書きたてている週刊誌も、お涙ちょうだいの記事で部長を美化してくれるでしょう。あたしたちも口をそろえて証言いたしますわ」

涼子の手に光るものを見て、刑事部長の狼狽《ろうばい》は頂点に達した。

「よ、よせ、やめろ、こら、やめんか」

部長を盾《たて》にした半魚姫は、細めた目をするどく光らせ、拳銃を手にした涼子の真意をうかがうようす。

「警官が殉職《じゅんしょく》するといえば、最前線のノンキャリアばかり。キャリアは後方の安全な場所でふんぞりかえっている、というのが世間一般の見方です」

「わ、私がいま安全な場所にいるとでも思うか」

刑事部長の抗議など、馬の耳に念仏《ねんぶつ》、魔女の耳に回教聖典《コーラン》というところ。

「ですが！　刑事部長の貴い犠牲によって、世間の誤解と無理解とは一挙にくつがえるでしょう。刑事部長のお名前は、最大の功労者として、警視庁の歴史に永遠にきざみこまれますわ。ええ、黄金と深紅《しんく》のゴシック文字で。部長の貴い血に誓って、約束いたしますとも！」

「や、約束なんかせんでいい、た、たす、たす……」

「何をたしますの？」

部長は「助けてくれ」といいたいのだが、さすがにあからさまにはいえず、口ごもっているのだ。それを百も千も承知の上でそらとぼける涼子は、まさに邪悪な魔女の品格にあふれていた。いや、品格といっていいのかな、この場合。

半魚姫サリーが沈黙を破った。ほとほとあきれた口調だ。

「話には聞いていたが、とんでもない女だな」

「オッホホホ、何しろ『とんでもない国ニッポン』の国民だもの。だとしても、あんたにいわれる筋合《すじあい》はないわよ、このワニ女！」

半魚姫サリーの表情がとがった。

「ワニ女だって？　もう一度いってごらん」

声が鋭いというより荒々しい。

「ワニ女が気に入らないなら、カエル女といってあげようか」

つい、よけいな発言をしてしまった。

「お言葉ですが、カエルやイモリは両生類です。爬虫類ではありません」

「どうちがうのよ」

「えーと、それは、たしか肺呼吸がですね……」

「話をそらすな！　まじめにやれ！」

サリー・ユリカ・トルシガンが怒声をあげる。ぐえーと部長がうめいたのは、咽喉《のど》をしめあげられたからだろう。

去就《きょしゅう》に迷う間もなく、三十センチほど開いたままのドアからべつの顔が出てきた。よく部長の運転手役をつとめさせられている中年の巡査だ。

「あの、先ほど刑事部長がこちらに……」

「どけ、人間」

その言葉に、ぎょっとした警官は、立ちすくんで、まともに蹴りをくらってしまった。

警官の身体が宙を飛んだ。三メートルほど後方の壁に背中から衝突する。床にずり落ちながら口を開いたが声は出ない。くるりと白眼をむき出すと、口角《こうかく》から泡を吹き、気絶してしまった。気の毒な被害者だ。

今度は涼子の長い脚が一閃《いっせん》する。

優雅な、しかも強烈な蹴り。かわそうとしたサリー・ユリカ・トルシガンだったが、完全には成功しなかった。身をよじった瞬間に、右の足首を払われたのだ。

半魚姫はぶざまに床に横転《おうてん》しかけた。横転を避けるには、部長の身体を解放しなくてはならなかった。片手を床に着く。一瞬で重心をいれかえ、宙に全身をはねあげると、一回転して床の上に立っていた。目の前のドアは半分開いている。そこからするりと半魚姫は廊下へすべり出ていった。

涼子が猛然と、その後を追おうとする。

「こらあ、待たんか！」

そのとき、断末魔のヒキガエルが発するような声がした。振り向くと、じつにうらめしそうな視線が、床の上から私たちを見あげている。たちまち偽善的《ギゼンテキ》な表情になって、涼子が傍《かたわら》にしゃがみこんだ。

「部長、おケガはございませんか。まあ、お気の毒なお姿。心がとっても痛みますわ」

「こ、心にもないことをいうな。ドサクサにまぎれて、私を殺そうとしたくせに」

邪推《じゃすい》だといいきれないところが怖い。

「刑事部長の地位をねらっとるんだろう。そ、そうはいかんぞ。この地位をおまえなんかに渡すものか、この魔女めが」

糾弾《きゅうだん》された魔女は、オホホと笑った。

「あらまあ、小物のウヌボレにもこまったもんだわ。殺す価値なんてないのに」

「な、何だと」

「いえ、部長、いま申し上げたのは、あの女テロリストのことでございますわ。刑事部長のご威光《いこう》を恐れて、こそこそ逃げ出しましたけど、逃げおおせるものですか。かならず息の根をとめて、警視庁の玄関にさらし首にしてごらんにいれましてよ」

「そ、そんなことよりだな、いいか、もはやガマンの限界……」

さらにどなろうとした刑事部長が、ふいにだまりこんで、ガックリ首をかたむけた。フン、といいながら涼子が立ちあがる。

「いったい何をしたんです？」

「あんまりガタガタうるさいから、ちょいと頸動脈《けいどうみゃく》と気管を押さえてやっただけよ」

「ちょ、ちょっとって、いくら何でもまずいのでは？」

「一時間もすれば気がつくわよ。そこのケガした人のついでに、部長も医務室に放り込んでおおき。シアワセそうな寝顔してるじゃないの」

「そうですかね」

刑事部長は眉をつりあげ、歯をくいしばったまま気絶しているのであった。何とも気の毒なことである。せめて夢ぐらいは穏《おだ》やかなものを見てほしいと思うのだが。

「さあ、そんなことより、あいつを追いかけるのよ！　死人にかまってるヒマなんかないわ」

「まだ死んでませんよ」

「地上人はみんな、いつか死ぬのよ。ほら、いそいで！」

涼子の没論理《ボツロンリ》に対して、批判の余地は関東平野より広く存在するが、いそぐ必要はそれ以上にある。涼子に一歩先んじて、私は廊下へ飛び出した。

陰気なオレンジ色の薄明かりに、半魚姫の後姿がシルエットとなって遠ざかりつつある。何しろスイムスーツ姿だから、ボディラインが一目瞭然《いちもくりょうぜん》なのだ。走り去るかと思いきや、悠々と歩いている。あわただしく往《い》きかう制服私服の警官たちが振り向き、立ちどまる。あまりにも平然としているので、不審に思っても声をかけるのをためらっているのだ。

「そいつをつかまえろ！」

私がどなるのと、半魚姫が立ちどまるのが同時だった。半魚姫の行手をさえぎった人影がある。

「あなた、カドガ殿下の暗殺未遂犯ね！」

室町由紀子だった。その背後から、岸本明がチャボのヒナみたいに顔を出す。

「あっ、半魚姫のお姉さんだ」

このオタク青年は、美女の顔は見忘れないらしい。あっぱれである。ただし、何の役にも立たない。無言で半魚姫は足を進めた。

「お待ちなさい」

由紀子が右手を伸ばす。半魚姫サリーの右上膊部《じょうはくぶ》に指が触れようとした瞬間。

「あぶない、さがって!」

私が叫んだときには、由紀子のすらりとした肢体が、まっさかさまになっていた。半魚姫サリーが、落雷のようなスピードと獰猛《どうもう》さで、由紀子の右手首をつかみ、自分自身の手首をひるがえしたのだ。

由紀子はもんどりうった。両脚が天井へ向けてはねあがり、スカートがまくれて優美な脚線があらわになる。

私は目をつぶりそうになった。だが、室町由紀子は私の想像よりはるかに「できる」女性だった。芸もなく床にたたきつけられるようなことはなかった。空中でやわらかく身をひねって、手首をつかまれたまま床に着地したのだ。パンプスのヒールが音高く折れ、体勢をくずして床に片ひざをつきはしたが。

半魚姫サリーが、怒りの叫びをあげた。由紀子の右手首をつかんで引きずりおこそうとする。同時に左手が拳を形づくり、うなりを生《しょう》じて由紀子の顔面にたたきこまれようとした。

寸前。

私は半魚姫サリーに躍《おど》りかかった。左手で彼女の剛速のパンチをかろうじて払いのけ、右手の手刀《しゅとう》で彼女の右手に一撃を加えた。半魚姫は舌打ちし、由紀子の右手を放した。

由紀子が自分から床にころがった。髪も裾《すそ》も乱れた姿で、息を切らしているが、凜《りん》とした表情をくずさず、半魚姫を見すえながら、その攻撃範囲から離脱する。岸本と、その場に駆けつけていた貝塚さとみが左右から彼女を助けおこした。

「う、動くな！」

たかぶった声がして、若い制服警官が拳銃を半魚姫に向ける。

「ほう、ジャパニーズ・ポリスは、白手《すで》の人間を銃撃するのか」

とがめるような、また揶揄《やゆ》するような美女の声に、まじめそうな警官が、一瞬たじろぐ。なさけ容赦なく、半魚姫の蹴りが飛んだ。

警官の右手が、ありえない角度に曲がった。苦痛の悲鳴は、銃声のとどろきにかき消された。右手の指が引金《トリガー》にかかったままだったので、手首を蹴りくだかれた衝撃で発砲してしまったのだ。

放たれた弾丸は、私服警官のひとりの頰肉を削《そ》ぎ、血飛沫《ちしぶき》と悲鳴を散らしながら廊下の壁にめりこんだ。反射的に、周囲の数人が床に身を伏せる。

「しっかりなさいよ、お由紀」

なぜか遅れて来た涼子が、拳銃を半魚姫に向ける。由紀子は呼吸と襟もと裾と眼鏡をいそいでととのえながら、半魚姫に問いかけた。

「なぜ日本でこんな騒ぎをおこしたの？」

半魚姫の視線が床に落ちた。蹴り倒された警官の手は、折れまがったまま、なお拳銃をつかんでいる。

「今日はずいぶん、くだらない質問を受けた。だが、眼鏡の女、おまえの質問は極《きわ》めつけだな」

さりげなく半魚姫が拳銃に近寄ろうとするので、私は先を制した。拳銃を足で踏みつける。サリー・ユリカ・トルシガンは、けわしい目を私に向けた。そのまま由紀子に対して返答する。

「ばかばかしいほど単純なことだ。わたしが現にこの国にいるからだ。わざわざ、よその国へ出かけて事をおこす必要が、どこにある？」

「わかったわ。それなら、あなたの犯罪もこの国の法制度で裁いてあげましょう。投降なさい！」

「ことわる。おまえたちの仕事を、わざわざ楽にしてやる義務はないからな」

あいかわらず停電はつづいている。廊下の各処にもうけられた電動シャッターをおろすこともできず、薄暗いオレンジ色の非常灯がともるなか、半魚姫は庁内どこへでも実力で押し通ることができるのだった。

Ⅳ

「あんな美女になら殺されてもいいや」

と思うのがオロカな男の性《さが》だとしても、いざとなれば生存本能が先に立つのは当然だ。

半魚姫サリーをとりかこむ警官たちのうち、ある者は慄《ふる》える手で拳銃をかまえた。ある者は壁ぎわに身体を貼りつかせた。このたぐいまれなアジアン・ビューティーが、発砲にも殺人にも禁忌《きんき》を持たない危険人物だと思い知らされて、顔も身体もひきつらせている。

十秒後に事態がどう変化しているか、誰にも予想はつかなかった。電気を帯《お》びたような空気を破ったのは、男の怒声《どせい》だ。

だ。

「いまの音は、いったい何だ。この非常時を何と心得る？」

何人かのオトモをひきつれて姿を見せた公安部長は、流血の現場を見て立ちすくんだ。

「け、警視庁内で銃撃戦とは……！」

前代未聞の事態、というのも、この日何度めのことだろう。公安部長は呼吸をととのえると、あらためて大声をあげた。

「何とかしたまえ！　この階《フロア》のことは刑事部の責任だぞ！　刑事部長はどこにいるんだ!?」

どうして官僚というやつは、責任を押しつける相手を見つけると、状況にかかわらず強気になるのだろう。精神病理学者ではないから、私にはとうていわからない。

「刑事部長は名誉の負傷だそうです」

と、室町由紀子がフォローする。貝塚さとみに聞いたのだろう。よくできた女《ひと》だ。

公安部長が眉を上下に動かした。

「なに、名誉の負傷……ふん、どうせ自分ですべってころんだんだろう。だとしても

その女は……や……」

声をのんだのは、サリー・ユリカ・トルシガンの写真をすでに見ていたからだろ

う。

窓の外が白く光り、雷鳴がとどろく。

この状況では、機動隊やSWATを呼び寄せるのも不可能だ。警視庁内にいる人間だけが戦力である。

ミもフタもない表現だが、司令部の残存《ざんぞん》戦力だけで闘わなくてはならない。中高年のキャリア官僚や事務職の人たちは、まったく役に立たない。

公安部長が威勢よく叫んだ。ノンキャリアたちの壁に身をひそめて。

「カドガ殿下の暗殺未遂犯だ。危険きわまる兇悪なテロリストだ。生かしてつかまえるんだぞ。世界一優秀なニッポン警察の名にかけて！」

サリー・ユリカ・トルシガンが、あくびをしてみせた。公安部長の声など歯牙《しが》にもかけず、視線を動かす。涼子を見る。

「ずいぶん見物人が増えたな。ではひとつサービスだ。意外な事実を教えてやろう」

「何よ、それ」

「ラフマーディヤ・トルシガンは、わたしの表向きの父親だけど、彼は他人の子をあずかっただけ。わたしの真実の父親は他にいる」

「誰よ」

「尋《き》きたいか？」

「あんたが話したいんでしょ」

半魚姫サリーは否定しなかった。

「わたしの真の父親はルドラ三世。メヴァト王国の前国王」

朗々と、彼女は告げた。

半魚姫サリー・ユリカ・トルシガンの正体は、メヴァト王国の王女だった!?

愕然として涼子を見やる。彼女は私ほどおどろいてはいないようだったが、柳眉《りゅうび》が急角度に持ちあがった。由紀子もかるく息を吸いこんだ。公安部長は茫然と半魚姫を凝視する。

「じゃ、一連の騒ぎは、お家騒動だったってわけ？　それにしてもまだスジがよく見えないけど……」

「見える必要はない」

「何でよ」

「死後のことを気にする必要はない。そういっているのだ」

傲然《ごうぜん》といい放つ。

「ＡＰＣとメヴァト王国は、ゴユダの女王たるわたしが地上に君臨するに際して、その二本柱となる存在だ。その存在に、両者の裏面に、不遜《ふそん》なメスをいれようとするその女は……」

しなやかな指が涼子をさす。

「とうてい許容できぬ」

サリー・ユリカ・トルシガンは、みずからがゴユダであることを認めたのだった。常人とは思えない身体能力は、彼女が、ほんとうに人間ではなかったからか。

「ハン、なるほど、そういうことなの」

「何ですか、警視」

「こいつとAPCとの関係よ。こいつが前国王の隠し子だとすれば、メヴァトの王位継承権を主張できる。現国王のヤリクチがあまりに反動的で、民衆の支持がないから、APCは現国王を切りすてるつもりじゃないかしら」

「ふむ、そうなったとしても、まさかAPCが直接、メヴァトを統治するわけにはいきませんね」

「そうよ、そのときこそ、この半魚女がAPCの後ろ盾を得て、改革派の女王として人前にあらわれるんだわ」

私たちの会話に対して、サリー・ユリカ・トルシガンは薄笑いで応えた。

「なかなか想像力が豊かだな。まあ、わたしにもいいたいことはあるんだが……」

「こ、こら、おとなしく投降せんか。告白することがあるなら公安部の取調室でしゃべれ！」

公安部長がいきりたつ。そのとき私は窓のすぐ傍《そば》にいた。半魚姫サリーが警視庁から逃走する自信があるとしたら、泳いで逃げる気だろうか。そう思い、ふと窓の外に視線を向けたとき。

「何だ、あれは……？」

暗く灰色に沈んだ世界の中で、まったく別の明るい色彩が、小さく私の視線をとらえた。あざやかな黄色の物体が、警視庁の建物に貼りついたように見えたのだ。それは妙に角ばった形の乗り物だった……。

さて、このときまでに、警視庁の外では、あらゆる種類の混乱がおこっていた。いったん建物の外に出た警官たちは、制服だろうが私服だろうが、警視庁にもどることができず、降りそそぐ雨と渦巻く水のなかに孤立していた。

「都知事はどこで何やってるんだ。かっこよく出動しないのかよ」

怒りを都政の最高責任者にぶつける者もいたという。

九月一日の「防災記念日」に、都知事は迷彩服に身をかため、装甲車に乗りこみ、陸上自衛隊や在日アメリカ軍をしたがえて、得意満面で銀座をパレードしたものだ。

泥水にまみれて、同僚が声を返す。

「いま東京にいないよ」

「じゃ、どこにいるんだ、この非常時に」

「ラスベガスだ。お台場《だいば》にカジノをつくるってんで、視察と称して大名旅行さ」

「いいご身分だな」

「奥さんやら息子夫婦もつれて、飛行機はファーストクラス、ホテルは五つ星……」

「ハッ、うらやましいご身分だね。帰国してどう開きなおるか愉しみだぜ」

「まて、どこかで何か騒いでいるみたいだぞ」

「上の方だな、誰か見てこいよ」

半魚姫の乱入によって騒ぎがおこっているのは、五階だった。

通信機能がマヒしているとは恐ろしいものだ。まして停電で、建物のなかは無料サウナ状態。エレベーターも何か技術的な理由でまた動かなくなってしまったから、他の階《フロア》のようすを見るにしても、階段を使わなくてはならない。精鋭ぞろいの警視庁、といいたいところだが、心身ともに消耗し、いらついている。汗にぬれて皮膚に貼りつくシャツの不快さよ。しかも雨は滝のごとく降りつづき、雷鳴もやまない。五階での騒ぎに、玄関付近の警官たちは、このときまったく気づいていなかった。防弾ガラスを破って落下したデスクは、はでに水飛沫をあげたが、それも反対方向のことだったから——と、後で聞いた。

これも後で聞いたのだが、横浜や千葉の高層ビルからは、灰色の水の壁が東京都心を包囲するありさまが見えたという。

とにかく局地的な現象で、豪雨が降っている範囲は、直径二十キロにすぎない。だがその降雨圏に、日本の政治・経済・行政の中枢機能が集中しているのだ。

「直径二十キロとすると、成田空港は圏外だな」

「ああ、成田は使えるそうだ。で、それが何だってんだ？　成田までいけないんだから、意味ないだろう！」

隅田川にかかった橋は、すべて通行止めになっている。警視庁どころか、東京の都心全体が孤立状態にあった。

マンホールの重い鉄蓋《てつぶた》がダンスを踊っている。地下の暗渠《あんきょ》から水があふれ、噴水のように地上に噴きあがっているのだ。なす術《すべ》もなく、その奇観をながめながら、不安をまぎらわすための軽口がつづいた。

「若いやつらの間にパニックがひろがっているらしいぜ。携帯電話《ケータイ》が通じないんで、この世の終わりが来たと思ってるらしい」

というのは意地の悪い軽口だが、もっと深刻な噂もあった。

「えらいことになったぞ。あちこちの河川敷で、ホームレスがあわせて百人ほども流されてしまったらしい」

「増水があまりに急激で、逃げる余裕がなかったんだな、気の毒に」

「救助する余裕も、もちろんなかった」

「というより、消防車も救急車も、いたるところで立往生《たちおうじょう》さ」

「とんでもない被害になりそうだなあ」

溜息をついた警官が、声の調子を変えた。

「おい、何だ、あれは？」

冠水して川と化した路面に、すさまじい水煙があがっている。それも、人間が全力疾走するようなスピードで移動しているのだ。

人も車も、水の壁にかこまれて動けないなかで、疾走する水煙は、異様なものに映《うつ》った。巨大な怪物が水を蹴立てて走っているのではないか。

水煙は南から北へと移動をつづけた。東京タワーのすぐ東を通過し、愛宕《あたご》通りを港区から中央区へと北上する。外堀《そとぼり》通りを突っきり、泥水の湖と化した日比谷《ひびや》公園を右に見ながら霞《かすみ》が関《せき》へと突入する……。

五階の窓から私が見たのは、まさに警視庁の玄関に乗りつけようとする、あざやかな黄色の車体だった。停止と同時に水煙がおさまる。

水陸両用装甲車！

あんなものまで用意されていたのか。私は唖《あ》然《ぜん》としたが、考えてみればありえないことではない。カネさえあればすむ話だし、私と無縁な場所にはカネなんて腐ってウジがわくほどあるのだ。

ただ、誰が用意したのかまではわからない。いや、わかりはしたが、それまでに何分かの時差《タイムラグ》があった。つまり、水陸両用装甲車が玄関前に停まって、乗っていた人物が五階に上ってくるまでの時間だ。エレベーターは使えないのである。

階段の方角から、いくつかの人影があらわれた。大柄な男が何かをせおっている。非常灯の光を受けてキラキラ光る卵形の物体だ。上のほうにチョビヒゲがついている。

「カ、カドガ殿下!?」

公安部長の声が、ヨーデル歌手さながらに裏返る。

金ピカ衣裳につつまれた卵形の人影は、メヴァト王国第二王子カドガ殿下であったのだ。衣裳はメヴァトの民族服で、ピカピカ光るのは金箔《きんぱく》であった。

「まてまて、その女に手を出してはならぬぞ！」

従者の背中におぶさったまま、王子さまはそう宣告あそばした。

第八章　桜田門《さくらだもん》が変

I

　後日になって思い出せば（思い出したくもないが）、その日は警視庁にとって記念すべき日だった、ということになる。

　何が記念かというと、半魚姫サリー・ユリカ・トルシガンの乱入と暴走を許したことではない。メヴァト王国の第二王子カドガ殿下がご来庁あそばしたほうだ。外国の王子さまが、日本国の警視庁にやって来たのは歴史上はじめてのことなのである。

「ならぬならぬ、その女に危害を加えてはならぬぞよ」

　短い手足を振りまわす王子さまを見やって、日本人たちは茫然とするばかり。

「お、おい、誰か何とかしたまえ。カドガ殿下をおとめするのだ。殿下の身に何かあったらどうする!?」

ようやく公安部長が声を出す。命令はしても、けっして自分から行動には出ないのが、エリート官僚の本能というもの。ノンキャリアの下っぱたちは顔を見あわせたが、四、五人の私服の男たちが、ためらいがちに王子さまに近づいた。

カドガ殿下が両眼をむいた。

「ひかえい、予《よ》はメヴァト王国の第二王子なるぞ。日本国の公賓《こうひん》じゃぞ。予に対して害を加えれば、国際問題となろう。わが国の貴重な資源がほしければ……」

「やかましい!」

鋭い叱咤《しった》が鞭《むち》となって空気を打つ。

「あんたの存在そのものが国際問題でしょ。すこしは他人の迷惑を考えたらどうなのさ」

そういう涼子の存在そのものがテロなのだが、本人に自覚はないようだ。

半魚姫サリーは、腕を組み、冷笑まじりの視線をカドガ殿下に向けている。日本人たちは、カドガ殿下を見たり、半魚姫をながめたり、動きようがない。

「この豪雨と洪水のなかを、あの王子さま、どうやってここまで来たのかね」

丸岡警部が私にささやく。当然の疑問だ。黄色い水陸両用装甲車について、私が手短かに説明すると、善良な中年の公務員は、疲れたような溜息をついた。

「金満家《カネモチ》ってのは、対費用効果《コスト・パフォーマンス》なんて考えないものなんだねえ」

丸岡警部の慨歎《がいたん》に、貝塚さとみがうなずきで応《こた》える。

「というより、使途《つかいみち》にこまってるんじゃないですかあ」

「おカネが必要なところに必要な分まわらなくて、一部にかたよっているのは、社会構造の欠陥ですよ」

そう語る阿部巡査がひときわ猛悪《もうあく》そうな表情をしているのは、半魚姫に壁にたたきつけられて身体のあちこちが痛むからだろう。後になって判明したのだが、単なる打撲傷ではすまず、肋骨《ろっこつ》の一本にひびがはいっていた。彼の場合はほんとうに名誉の負傷である。

身分の低い日本人たちの困惑と迷惑にはいっこうにかまわず、カドガ殿下は、大男の頭を平手でたたいた。大男は床にしゃがみ、カドガ殿下をおろす。

王子さまが床に立つと、オトモの男たちが主君の襟や袖をととのえ、小さなハケで服の埃《ほこり》をはらった。

「サリー、これ、サリー、おとなしくするのじゃ」

カドガ殿下の声は命令というより哀願する調子だった。半魚姫は、つまらなげに王子さまから視線をはずした。涼子がカドガ殿下に声を投げつける。

「こうなったら、あんたの責任であの半魚女をおとなしくさせなさいよ。でないと、あんたを永遠におとなしくさせてやるからね」

どうせ公安部長に英会話は理解できない。そう見切った涼子の言葉づかいときたら、とても王族に対するものではないが、カドガ殿下のほうも気にとめる余裕はないようだ。

「わかっておる。そのため予は、こんな下賤《げせん》な汚い場所まで、高貴な身を運んだのじゃ」

私の勤務先は、下賤で汚ない場所だそうだ。それはたしかに、ドアの把手《ノブ》は黄金でつくられてはいないが、よけいなお世話である。

「で、この際、たしかめておくけど、あの女はゴユダなのね」

「何と、なぜゴユダのことを存じておる!?」

「調べりゃわかるのよ。ということは、ゴユダにまちがいないわけだ」

沈痛《ちんつう》そうに、カドガ殿下はうなずいた。

「彼女《あれ》はゴユダとしてのエネルギーを制御できずにおるのじゃ。覚醒《かくせい》したのが、つい最近のことゆえのう」

「とすると、精神的なバランスも？」

「うむ、くずれかけておる。だからこそ、こんな汚ない下賤《げせん》な場所にやってきたのじゃ」

どこまでも、下賤という表現にこだわる王子さまだ。

「ま、心神喪失ゆえ、しかたないがのう」

「冗談じゃないわよ。これだけのことをやってのけて、心神喪失ですませようっていうの!? あつかましいにもホドがある」

カドガ殿下をここまで運んできた大男が、うなり声をあげ、主君を守ろうとした。涼子につかみかかろうとしたのだが、白眼をむいてへたりこむ。涼子の痛烈な一撃、肘《ひじ》が胃に突きこまれたのだ。

あわてて大男を助けおこそうとするメヴァト人たちに目もくれず、さらに涼子はカドガ殿下を問いつめた。

「で、あの女は前国王の隠し子でもあったわけね」

「じ、じつはそうなのじゃ」

「それをなぜ、さっさといわなかった!?」

涼子に襟もとをしめあげられて、カドガ殿下は白眼をむいた。

「暴力はおやめなさい、お涼」

良識派らしく室町由紀子が制止するが、おかまいなし、さらにしめあげる。

「最初からそれがわかっていれば、警備だってやりようがあったのに！」

「そ、そんなこと、こちらから進んでいえるものではなかろう。一族の重大な秘密を、しかも外国の警察当局に、べらべらしゃべれるわけなかろうが」

「外国にさんざん迷惑をかけておきながら、開きなおる気か、この不良外人め！」

涼子の両手が十文字に交叉《こうさ》し、カドガ殿下の口から舌の先が飛び出した。

「やめてください、ほんとに死んでしまいますよ」

これ以上ややこしい国際問題にかかわるのは、ごめんこうむりたい。私はカドガ殿下の襟もとをゆるめ、背中を二、三度たたいてやった。我ながら上出来の良い警官《グッド・コップ》ぶり。

「殿下、うかがってよろしいでしょうか」

「お、おう、そなたは礼儀ただしいの。そちらの兇暴な女とは、えらいちがいじゃ。いったい日本には、ヤマトナデシーコとかタオヤーメとかいう女たちはおらんのか」

「いません」

私は一言で王子さまの幻想を撃ちくだいた。

「ヤマトナデシコだのタオヤメだの、か弱い男の見果てぬ夢にすぎません。私がうかがいたいのは、あそこにいる女性のことで」

カドガ殿下は咽喉《のど》もとをさすった。

「サ、サリーのことじゃな」

「はい、彼女がメヴァト王国の王室の血を引く女《ひと》であることはわかりました。だとしても、日本の国法の外にいるわけではありません」

「どういうことじゃ」

「つまり、彼女を、日本の警察当局がテロリストとして逮捕拘束《こうそく》し、裁判にかけても、メヴァト王国の王室および政府としてはご異存ないか、と、お尋ねしているのです」

カドガ殿下は、うろたえたように左右の眼球を動かした。

「いかがでしょう、殿下」

「い、いや、いかん、それはこまる」

カドガ殿下は激しく両手を振る。涼子がせせら笑った。

「そりゃ当然よねえ。裁判にかけられたりしたら、半魚女のやつ、知ってること全部ぶちまけて、メヴァト王室を巻きぞえにするに決まってるもの」

「決まってますか」

「あたしなら、そうするわよ」

「あなたなら、そうでしょうね」

「気にさわる口調だな。ま、あとで君とはきちんと話をつけよう。それより、カドガ」

と、おそれおおくも王族を呼びすて。

「何じゃ」

そう答えるカドガ殿下も、慣れたのか気づかないのか、スナオなものである。

「サリー・ユリカのやつを逮捕されるのは、メヴァト王国にとってつごうが悪いわけね」

「いささか好ましくない事態ではあるな」

妙に言葉を選ぶ王子さまに、日本の魔女はロコツな問いを投げつけた。

「それじゃさ、あいつの口封じをしたら、いくらよこす？」

「な、な、何とな!?」

カドガ殿下は、丸い目を四角にする。魔女というより悪魔の笑顔で、涼子は言葉をかさねた。

「だからさ、あの半魚女をかたづけて、背後の事情をすべて闇に葬ってやったら、どれほど謝礼をよこすかって尋《き》いてるのよ」

II

窓は開かず、空調《エアコン》は動かず、照明はつかない。室温は三十五度Cをこえ、湿気が充満し、汗は蒸発せずシャツをぬらしてさらに流れ落ちる。身体が不快なだけでなく、思考力や判断力も低下する一方だ。

「日本の警察だって、カネがなくてこまってるんだからさ。何十万とか何百万とか、みみっちい単位で裏金《うらがね》づくりをして、露見《ろけん》するたび頭をさげて、ミジメなものよ。そこでだ、あたしが日本の警察を救ってあげようじゃないの」

薄暗さのなかで、涼子は必要以上に胸を張る。半魚姫サリーの他には、彼女だけが元気である。

「どう？　思いきって大サービス、半魚姫の口封じに成功したら、日本の警察に十億ドル寄付するってことでさ」

たまりかねて由紀子が叫んだ。

「おやめなさい、お涼！」

「うるさいなあ、あたしは、日本の警察が今後五十年は裏金づくりの苦労をしなくてすむようにしてやろうっていってるのよ」

「そんなこと口にして、恥ずかしくないの!?」

「ちっとも。メヴァトの王室も安泰だし、日本とメヴァトとの友好関係もますます強化される。いいことずくめじゃないの。これこそ賢明な選択というものよ、オッホホホ」

思わず私はサリー・ユリカ・トルシガンを見やったが、十メートルほど離れて警官たちに包囲された半魚姫は平然たるもの。涼子の邪悪な台詞《せりふ》が聞こえたかどうかわからない。

「とにかく、あなたはまちがっています！」

「ふーん、それじゃ、お由紀、あんたが日本の警察に十億ドル寄付して、裏金づくりの苦労から解放してあげようとでもいうの？」

「十億ドルなんて出せるわけないでしょ」

「だったら、だまっておいで。まったく、カネも出さずに批判だけするなんて、無責任な評論家のマネもいいかげんにしてほしいわね」

ものすごい話のスリカエ。由紀子は怒りのために咽喉《のど》がふさがったのか、声も出せないでいる。

「さあ、十億ドル出すの？　出さないの？　出さないんだったら、この取引きは中止しちゃうからねッ」

中止も何も、最初から取引きなんて存在していないのだが、彼女のペースに巻きこまれたカドガ殿下は、酸素不足の出目金《でめきん》みたいに口を開閉させる。ふたたび私は半魚姫サリーを見やったが、状況はまったく変化していないようなので、カドガ殿下に視線をもどした。

「い、いや、サリーをそなたたちに売ることはできぬ」

声を振りしぼる。どうやらまだ正気が残っているらしい。

「フン、いい子ぶって。それじゃあんたの力で、あの半魚姫を降参させるってわけね。どうするつもり？」

「暴力は使わぬ」

「カネも費《つか》わないっていうわけ？」

「そうじゃ」

「だったら、いったいどうやって降参させるっていうのさ」

カドガ殿下は大きく腹を突き出した。

「愛の力じゃ」

「ハア？」

と、涼子は、わざわざ左手を左耳にあててみせる。そこまで態度には出さなかったが、由紀子も私も、ついマバタキしてしまった。ずいぶんと、現在の状況からかけ離れた台詞を聞いたような気がする。

「予はサリーと結婚する。彼女を妃《きさき》として、ふたり仲よくメヴァト王国を治めるのじゃ」

「つまり、あんた、チョビヒゲの分際《ぶんざい》で、半魚女に惚《ほ》れてるわけ？」

非礼きわまる言種《いいぐさ》だが、カドガ殿下は重々しくうなずいてみせた。

「というより、使命感じゃ。予には彼女を愛の力によって救う責任と義務があるのじゃ」

「それって迷惑じゃない？」

「愛はすべてを救うのじゃぞ」

「あんた以外はね」

冷酷無情のゴンゲらしく、涼子はいい放つ。溜息をこらえながら、私はカドガ殿下の愛の対象を見やった。

「いま、どうにか半魚姫の足はとめているようですね」

「半魚女がひと息いれてるだけよ」

主導権はあくまでも侵入者の側にあるというわけだ。建物は密閉され、空調《エアコン》もとまっているから、うかつに催涙ガスも使えない。そもそも、この場で誰が警察側の指揮権をにぎっているかわからない。公安部長はやたらといばっているが、彼の権限がおよぶ範囲はどのくらいなのだろう。

「本気ですかね、カドガ殿下は。半魚姫が前国王の隠し子だとすると、血縁でしょう」

「イトコどうしの結婚だから、まったく問題ないわね」

「で、カドガ殿下が兄君を押しのけて即位できたら、めでたく彼女は王妃さまですか」

「女王よ」

「ああ、彼女のほうが主役……」

「チョビヒゲ王子は結婚と即位の後、半年か一年であの世いき。まずまちがいないわね」

「……なるほど、そういう手順ですか」

サリー・ユリカ・トルシガンは三兆ドル相当の資産をふくめ、メヴァト王国すべてを手にいれる。そして……

激しい物音がした。

私たちの足もとに、黒い大きな物体が落下して、床を鳴らす。苦痛の声。投げとばされた制服警官の身体だ。

半魚姫がひと息いれ終わったのだ。

「う、動くな、動いたら撃つ！」

誰かが声をあげたが、あきらかに動揺している。

何という皮肉なことだろう。豪雨と洪水で警視庁は外界から隔絶されている。私たちは孤立した城に閉じこめられ、他者の援《たす》けを求めることはできない。この場にいる者だけで対処するしかないのだ。

「さあ、どうする。わたしを射殺するか？」

はなやかに嘲弄《ちょうろう》して、サリー・ユリカ・トルシガンが一歩前進する。制服私服の警官たちが床を鳴らして一歩しりぞく。庁内で発砲する決断は、まだできない。

「け、警棒で制圧しろ！」

満面を朱に染めて、公安部長がどなりたてる。

「白手《すで》の女ひとりに手をこまねいていてどうする気だ!? それでも世界に誇る警視庁のスタッフか！ 何のために高い給料をもらってるんだ、この給料ドロボウどもが！」

それはあんた自身のことだろう。

ノンキャリアたちの声なき声が、天井から床まで、不満のガスとなって充満する。

「私が責任をとる」という一言もないまま、うかつに動けるものか。

一方、半魚姫は、誰の命令も許可も待つ必要はない。警官たちを見まわし、白刃のような笑みをきらめかせると、床を蹴った。

しなやかな女性の形をしたロケット弾が、男たちの群れに飛びこんだかのようだった。鈍い音がひびき、怒号と叫喚《きょうかん》がかさなりあった。

「な、何だ、あれは、人間の力か!?」

公安部長の声は、九割がた悲鳴である。

半魚姫サリーよりはるかに筋骨《きんこつ》たくましい男たちの身体が宙を乱舞した。天井に激突し、床にたたきつけられ、壁へ吹き飛ばされる。

必死の形相でサリー・ユリカに組みついた制服警官が、かるく振りほどかれ、天井へ放りあげられる。照明に激突し、床に落下すると、割れくだけたガラスの雨が降りそそぐ。さらにその上に別の人体がたたきつけられる。

「あ、あの女、薬物でも使ってるんだな。覚醒剤か、筋肉増強剤か、いや、もっと強力な麻薬だ、そうにちがいない！」

公安部長は必死に自分を納得させようとしている。残念だが、私には、このエリート官僚を安心させてやることはできなかった。真実を語ってやっても、どうせ信用してはもらえない。

半魚姫サリーが両手をはたいてみせた。三十秒ほどの間に、床には一ダースもの警官がころがり、血を流し、苦痛にうめいている。周囲には茫然と立ちつくす男たちの輪。

「どうしたんだ、この階《フロア》で何があったのかね」

いらだたしげな声が、荒涼たる沈黙を破った。何十もの視線が、声の源《みなもと》へ向けられた。痩せた中背の男は、警視総監の秘書だ。その半歩うしろに、総監自身の姿があった。

ようやく誰かが肉声《にくせい》で総監に報告したらしい。庁内の電話も警報装置も監視カメラも「死んだ」状態だから、ようすを知るためには自分で足を運ぶしかないわけだ。他人を出向かせず、直接、自分でやって来たのはえらいものだが、こんな状況では総監自身に危害がおよびかねない。人質にでもされたら万事休《ばんじきゅう》す。

「総監をお守りしろ！」

公安部長のどなり声と同時に、二、三十人の警官が、制服も私服も入りみだれて総監をとりかこむ。いや、殺到《さっとう》する。押されて総監がよろめくと、人波がくずれた。総監の姿が人波に没する。ドドドと音を立てて男たちが倒れこんでいく。

「こら、押すな！」

「つぶれる、総監がつぶれる！」

「総監の上に乗ってるやつ、おりろ！」

「踏むな、こら、足をのけろ！」

過密があれば、一方に過疎《かそ》ができる。公安部長は、自分の周囲に誰もいなくなったことに気づいた。

「こ、こら、私も守らんか！　私は五年後には警察庁長官になる身だぞ。どんな犠牲をはらっても私を守るんだ！」

公安部長は天然色《フルカラー》の人生設計図を描いていたようだが、誰もそれにつきあおうとしない。公安部長はうろたえ、隠れ場所を求めて左へ二歩、右へ三歩と小走りになる。

「こら、誰か私を守れというに！」

公安部長の悲鳴を、サリー・ユリカ・トルシガンの嘲笑がかき消した。

「よっぽど人望がないのだな。それでは人質にとっても意味がない。生かしておく必要もないから、さっささと殺してしまおうか」

半魚姫の両眼からも口からも、炎が青白く噴き出しているようだ。殺戮《さつりく》を欲《ほっ》する炎だ。公安部長へ向けて、大股に歩み寄る。

公安部長は逃げ出そうとして、足をもつれさせた。床に転倒し、四つんばいになって、しがみついたのは薬師寺涼子の脚だ。よりによって。

「ひええ、助けてくれ、私にはまだ家のローンが残ってるんだ」

「『守れ』から『助けてくれ』になったわね。もうひと声で助けてやってもいいけどな」

「も、もうひと声？」

「おわかりでしょ、秀才なんだから」

「助けてください」

「うーん、どうしようかな」

「何でもします、何でも」

「オホホホ、そのお言葉をお忘れなく」

邪悪・兇悪・悪辣《あくらつ》と三拍子そろった微笑に、美貌をさえわたらせながら、涼子は白い繊手《せんしゅ》を動かした。

「いけません、警視！」

私が声をあげたのは、涼子の手に拳銃を見出したからだった。SIG・SAUERの銃身が猛々《たけだけ》しく光る。

「庁内で発砲するなんて、いけませんよ！」

「殺しゃしないわよ」

かさねて制止する暇《いとま》もなかった。そんな暇をあたえることもなく、涼子は引金を引いたのだ。目標との距離は、ほぼ五メートル。

銃声がとどろく。男たちが頭をかかえて床に伏せる。半魚姫サリーがわずかによろめいた。倒れはせず、足を踏んばる。スイムスーツの左肩に小さな穴があいている。

私は目をこらした。穴から何かが押し出されてくる。もちろん血だ。いや、そのはずなのに、出てくるのは液体ではなく、黒い光沢《こうたく》を放つ固体だった。

III

半魚姫サリーが宣言した。

「わたしはゴユダの女王。このていどの傷、痛くもかゆくもない」

傷口から押し出された銃弾が、床に落ちて虚《うつ》ろなひびきをたてる。涼子を見て、口の両端を吊《つ》りあげる。声のない笑い。目は笑っていない。瞳孔《どうこう》が極端な縦長になっている。爬虫類の目だ。

私は咽喉が乾《ひ》あがるのを自覚した。

「バ、バ、バケモノだ……」

泣き出しそうな声は公安部長だ。雄弁きわまる事実を目撃した警官たちも声が出ない。なす術《すべ》もなく立ちつくすばかりだ。

涼子は小さく舌打ちし、指を引金にかけたまま、くるくる拳銃を回転させた。

「やっぱりねえ、拳銃ていどじゃ通用しないか」

涼子の美しい脚にしがみついたまま、公安部長があえいだ。

「じ、自衛隊を呼ぼう、そうだ、自衛隊だ」

「おだまり！」

涼子が叱咤する。

「自衛隊を呼ぶなんて、あたしが許さない」

「ゆ、許さないって、こうなったら、戦車かミサイルでも持って来ないかぎり……」

「自衛隊内で犯罪がおこって、警察が踏みこむことはある。だけど、自衛隊が警視庁に踏みこむなんてことはありえない、許されない。それが日本警察の矜持《きょうじ》ってもんよ。部長だろうと総監だろうと、その矜持がないやつは、警察から出ておいき！」

涼子が脚を振ると、公安部長は両手を離してひっくりかえった。何とか起きあがると、涼子と半魚姫サリーをかわるがわる見ながら、四つんばいになって壁ぎわに退避する。

「そ、それじゃ、いったいどうするんだ。私は責任を持たんぞ。さ、さっきの発砲だって、私が命じたわけじゃないからな」

公安部長の顔がひきつった。半魚姫が跳躍し、涼子めがけて空中からおそいかかる。

反射的に、私は行動していた。床に倒れている制服警官の手から警棒をもぎとり、一陣の風と化した半魚姫の黒影に向かって投げつけたのだ。

つぎの瞬間、合金製の警棒は宙でまっぷたつに折れていた。一端は天井へ飛んで床へはね落ち、もう一端は腰をぬかした公安部長の頭髪をかすめて、これまた床に落ちた。

多少の効果はあったのだろう。涼子をねらった黒影は、微妙にバランスをくずした。涼子の頭部をねらった蹴りは、かるくかわされて、半魚姫の足は壁を打つ。壁はもちろん鉄筋入りのコンクリートだ。それがくぼみ、亀裂《きれつ》がはいった。

半魚姫は宙で一転し、床に降り立つ。

その間に、涼子はじゃまになる公安部長を蹴とばし、横ざまに跳《と》んでいた。腕が伸びる。彼女の手がつかんだのは、カドガ殿下のネクタイだった。

「わわッ、これ、何をする」

カドガ殿下はもがく。王子さまのオトモたちがいろめきたって涼子につめよる。

右手でカドガ殿下のネクタイをつかんだまま、涼子は左手と左脚を同時にひらめかせた。ひとりが張りとばされ、ひとりが蹴倒される。

「よくお聞き、半魚女！」

涼子がどなる。

「あんたが降参しなかったら、この役立たずの迷惑な王子野郎を痛めつけてやるからね。それがイヤなら両手をあげておとなしくおし！」

卑怯《ひきょう》なヤリクチである。だが、多勢で警視庁に押しかけて、半魚姫サリーの拘束に協力するでもなく、反対に妨害するようなメヴァト人たちの態度に、私もずいぶん不愉快な思いをしていた。今回は上司を制止せず、成りゆきを見守ることにする。

「ことわる。煮るなり焼くなり、炒《いた》めるなりゆでるなり、好きに料理するがいい」

冷たい返答だ。どうやら王子さまの愛は、せつない片思いということらしい。

「あら、そう、それじゃあんたの家族に責任とってもらおうか。躾《しつけ》がなってないのよ」

「わたしの母はすでに亡くなったし、父は日本から出国している。日本を棄《す》てるのに、ためらうべき理由など、何もない」

「ためらってほしいもんだわね。あんたは人ひとり、日本国内で死なせてるのよ。裁判が政治的にどうなるかはともかく、まず法廷に立ってもらおうじゃないの」

「いったろう、あれは処刑だ」

「だから、そのことを法廷で主張なさったら？」

と、室町由紀子が発言する。サリー・ユリカ・トルシガンは、官能的ともいうべき唇をまげただけで、返答すらしなかった。

「ほら、あんたも何とかいいなさいよ！」

涼子にネクタイを引っぱられて、カドガ殿下は苦鳴《くめい》をもらした。オトモの面々が狼狽《ろうばい》する。半魚姫サリーが肩をすくめた。

「そいつがいまさら何をいおうと、わたしの知ったことではない」

「このチョビヒゲ王子がいなかったら、王位をねらえないいんじゃないの？」

「べつに。これだけの騒ぎを、しかも外国でおこしたら、ビクラムめも、わたしの存在を無視することはできない。密《ひそ》かに抹殺《まっさつ》することもできない。わたしは堂々と、王位継承権を主張する」

ビクラム二世はメヴァトの現国王であり、カドガ殿下の父親である。その人物を、半魚姫サリーは呼びすてにした。憎悪と軽蔑をこめて。

「もはや長く待つ気はない。日本を出たらすぐメヴァトへ行き、ビクラムの首を胴から引きぬいてやる」

涼子がカドガ殿下をこづいた。

「あんたは現国王の息子でしょ。父親が殺されても、あの半魚女をかばう気？」

「しかたがない。親は子より早く死ぬものじゃから」

「この親不孝者！」

あわや涼子に鉄拳制裁《てっけんせいさい》を加えられそうになるカドガ殿下。危機一髪の王子さまを救ったのは何と半魚姫サリーだった。

「あぶない！」

私が叫んだとき、跳躍した半魚姫サリーは、強烈なまわし蹴りを涼子の頭部に向けて放っていた。

のけぞって、涼子はかわした。ただのけぞっただけではない。しなやかに両腕を伸ばし、後方へ一回、宙返りする。もともと短いスカートは、まくりあがることもなく、最初から至上《しじょう》の脚線美をさらけ出していたらしいが、反射的に私は目を閉じてしまったので、よく見ていない。

「ガンバレ、お涼さま！」

岸本が両手でラッパをつくって声援する。思わず私は平手で岸本の頭をはたいた。

「あいた、どうしてぼくをはたくんですか」

「何がガンバレだ。無責任に応援してる場合か。どうにかして薬師寺警視を手助けしようと思わんのか」

「そんなことといったって、強くて美しい女性が闘っているとき、か弱い男にできるのは、じゃまにならない物蔭《ものかげ》からひそかに応援することだけじゃないですかあ」

たしかにそのとおりかもしれないが、岸本がしたり顔でいうと腹が立つ。

「だいたい、これは第三次世界大戦なんですから」

「何のことだ」

私や岸本の眼前で、美女どうしの激しい闘いがつづいている。といっても、半魚姫サリーが右へ左へパンチとキックをくり出し、涼子はかわすばかりだ。いかに涼子でも、白手《すで》で半魚姫サリーの超人的な腕力には対抗しようがない。一撃でもまともに受けたら最後である。

「だって半魚姫のお姉さんは人類じゃないでしょ？」

この期《ご》におよんでまだ「お姉さん」か。

「一方、お涼サマは人類です」

そうか？　じつは私はその点に疑問を抱いているのだが、口には出さなかった。

「つまり、お涼サマが負けたら、それは人類の敗北を意味するのです。今日以降、人類は、あの半魚姫のお姉さんの一族に支配され、みんなドレイにされてしまうでありましょう」

おまえ、アニメの観《み》すぎ。そういってやりたいが、岸本に向かってそんなことをいっても無益である。

「それだけ危機意識を持っているなら、キャリアの頭脳で何か名案を考えろよ！」

「どんなに邪悪で利己的で冷酷でも、お涼は人類の代表なのね。応援しなきゃ」

由紀子の声である。おどろくよりあきれて、私は白皙《はくせき》の顔を見やった。

「室町警視まで、どうなさったんです？　どうか、お気をたしかに」

「あら……わたし、いま何か変なことを口走ったような……どうしたのかしら」

「毒気にあてられたんですよ、きっと」

私が答えると、岸本が夢見る表情になった。

「ほんと、お涼サマの毒って、甘美ですすもんねえ。甘い香りにつつまれて、うっとり
と我を忘れて……」

そのまま死んでしまえ。本気で頸《くび》をしめてやろうと思ったとき、半魚姫サリーが動
きをとめた。余裕たっぷりに笑いながら、涼子に話しかける。

「ここはどうもせますぎるな。そう思わないか、薬師寺」

「しようがないでしょ、安普請《やすぶしん》なんだから」

「低い天井がうっとうしい。屋上へいこう。あそこなら心ゆくまで闘えるぞ」

「イヤよ。あんたとちがって、あたしは雨にぬれるのがきらいなの」

「そうか、だが、わたしは屋上へいく。待っても来なければ、おまえが逃げたものと

思うからな」

半魚姫は身をひるがえした。

「わたしを失望させるなよ」

一方的に決めてかかると、かるがると跳躍した。天井のスプリンクラーに指先をかけると、反動を利して遠くへ飛ぶ。うろたえさわぐ警官たちの頭上を飛びこえて、私たちの視界から姿を消した。

一瞬の空白。

「総監！」

「公安部長！」

「いそげ、医務室だ！」

「まだ、電話は通じないのか！」

人波が揺れ動く。私は、自分の役立たずぶりを恥ずかしく思いながら、上司へ歩み寄った。

Ⅳ

「おい、君たち、今日のことを記事にするのは許さんぞ！　そんなことをしたら、君たちの社長や会長が迷惑するんだからな！」

脅威が去って、元気をとりもどした公安部長がどなっている。「六社会《ろくしゃかい》」と呼ばれる警視庁記者クラブの面々をおどしつけているのだ。癒着《ゆちゃく》関係にある彼らが、警視庁にとって真にまずい記事を書くはずはないが、公安部長にしてみれば、自分の醜態を見られて、さすがに恥ずかしく、どならずにいられないのだろう。

「フン、まだ終わったわけでもないのに」

私が差し出したミネラルウォーターの瓶《びん》に口をつけてから、涼子が舌打ちした。冷蔵庫が役に立たないから、水もすっかり温《ぬる》くなっているが、水分は補給しなくてはならない。

廊下の壁ぎわにベンチが置かれ、涼子はみごとな脚を組んですわっている。丸岡警部、貝塚さとみ、阿部巡査、私の四人が彼女をかこむように立ち、貝塚さとみはザナドゥ・ランド土産《みやげ》のウチワで涼子の顔をあおいでいた。一秒ごとに、ウチワに描かれた白雲姫がほほえむ。

「マリちゃん、ずいぶん痛そうだぞ。医務室にいったらどうだ？」

「あ、いや、自分はこうして立っていられるくらいですから。立てずに運ばれていった人たちが先です」

どこまでもマジメな男だ。

「警視庁なんかに置いとくのはもったいないわね。JACES《ジャセス》に来ない？」

涼子が、「あんたの本籍地はどこだ」と問いたくなるような発言をする。「ハア」と、苦笑して、阿部巡査が頭をかく。

「殿下、殿下、お気をたしかに」

とでもいっているのだろう、メヴァト語の声は、となりのベンチだ。カドガ殿下は心労《しんろう》いちじるしいと見えて、短い両手両足をひろげてベンチにへたりこみ、ゼイゼイあえいでいる。オトモの面々が、はげましたり手足をさすったりしている。いずこの国でも、宮づかえは苦労の種《たね》だ。

「泉田クン」

「はい」

「あたしが二年間、リヨンに島流しになってたことは知ってるよね」

「ええ、まあ」

涼子がいっているのは、二年間にわたって国際刑事警察機構《インターポール》に出向したという経歴のことだ。「島流し」というのはリヨンに対して失礼な話である。リヨンはパリとマルセイユにつぐフランス第三の大都市で、文化的にも経済的にも重要な位置を占《し》める。現に、国際刑事警察機構《インターポール》のような国際組織の本部だって置かれているのだ。

しかし、もちろん涼子は世界地理の講釈などするつもりはないだろう。

涼子は彼女の魅力的なヒップをなでた不埒《ふらち》な高官を三メートル吹っとばして、勇名をとどろかせたのだが、エリート捜査官候補生として、やるべきことはきちんとやっていた（と、本人は申しております）。

麻薬、武器密輸、人身売買、美術品の偽作《ぎさく》と密売など、国際間の犯罪に関していずれもひととおりの学習と実地研修をおこなった。貴重な資料や情報にも接し、後日のために脳のポケットに放りこんだ。メヴァト王国とAPCに関する悪い情報もそのなかにあったのだ。

国際刑事警察機構《インターポール》はあくまでも各国の刑事警察の協力機構なので、強制捜査をする権限はない。もしそんなものがあったら、涼子は高々とそれを振りかざし、アメリカだろうと中国だろうとロシアだろうと土足で乗りこんでいったにちがいない。

「たとえメヴァトだろうと、ですね」

「それはイヤ」

「……何でです？」

「あたし、暑いのキライ」

「日本も暑いですよ」

「冬があるからカンベンしてやってるの」

ワガママな女王陛下は、一年中暑いメヴァトにいかなくてもメヴァトの闇をあばく方法を考えた。それはつまり、メヴァトと蜜月関係にあるAPCにチョッカイを出すことだ。涼子は計算ずくで、かなりロコツにAPCに探りをいれた。計算がいささかちがったのは、APC本体でなく、サリー・ユリカ・トルシガンが動いたことだ。それも大暴走である。

「おお、サリー、サリー……」

声がして、ずうんと鈍い音がしたのは、カドガ殿下がもがいて、ベンチからころげ落ちたからである。オトモたちがあわてふためく。

「サリーは屋上へいったのじゃな。予は彼女《あれ》にあいにゆくぞ」

「殿下、おやめくださいませ。あの女に殺されますぞ」

「死にとうはないが、サリーの手にかかって死ぬなら、それも予の運命と申すもの。予はサリーを怨《うら》まぬぞ」

カドガ殿下の顔の造作《ぞうさ》が変わったわけではないが、このとき王子さまの顔は愛のエネルギーに満ちあふれて、何やらかがやいているように見えた。まあ単なる錯覚だろうけど。

「それと、予は、寛大なココロでもって、日本国民を恕《ゆる》す。いろいろあったが、怨みはせぬぞ」

「怨まれてたまるか、この放蕩息子《ほうとうむすこ》！」

カドガ殿下がせっかく王族らしい度量をしめそうとしたのに、涼子はナサケヨウシャなく罵倒《ばとう》し、立ちあがるとハイヒールの踵《かかと》でカドガ殿下の雄大なお尻に蹴りをくらわせた。

ウームとひと声うめいて、カドガ殿下は悶絶《もんぜつ》する。

国際的な不敬《ふけい》行為をはたらいた涼子は、メヴァト人たちのうらめしそうな視線におかまいなく、私に問いかけた。

「天気はどう？」

「雨が小やみになってます」

「雷も、すこし遠ざかったみたいですう」

私たちは顔を見あわせた。半魚姫サリーが、涼子を屋上へ呼んでいるのだろうか。雨を小やみにしたから、決闘に応じるよう、うながしているのだろうか。まさか。単なる偶然にちがいない。「雨を降りやませる力はない」と自分でいっていたではないか。彼女が正直なら、だが……。

「あの娘は屋上からどこへも逃げられはしません。待つというなら待たせておきましょう。気象条件がよくなれば、狙撃隊《スワット》を呼ぶこともできます」

老巧《ろうこう》の丸岡警部らしい意見だったが、涼子は頭を横に振って宣告した。

「いくわよ。待たれてるのは、あたしなんだから」

「警視！」

「泉田クン、あんな格下の女から挑戦されて、あたしが逃げるとでも思った？」

「いいえ、あなたが逃げるなんて……」

そんなことを私は想像したこともない。

「あたしがこれまで動かなかったのは、雨にぬれるのがイヤだっただけよ。小やみになったからには、いくわ。ま、用意がないわけでもないし」

「用意？」

「すぐにわかるわ。泉田クン、ついておいで。泉田クンだけよ」

動きかけた阿部巡査や貝塚さとみ巡査が私を見つめる。私は空《から》になったミネラルウォーターの瓶を涼子から受けとり、貝塚さとみに渡した。

「これ、すてておいてくれ。すぐにもどる」

こういうとき、何か気のきいた台詞をいえたらいいと思うのだが、才能のない身ではしかたない。

涼子と私は階段へ向かった。

なお停電はつづき、エレベーターは動かない。当然、屋上へ出るには階段を使うしかないのだ。

廊下は戦場さながらの惨状だった。半魚姫のために傷を負った男たちが、壁ぎわにすわりこんでいる。手当てを受けている者もいるが、ひとりで放置されたままの者もいた。

救急車も呼べないし、医務室はとっくに満杯なのだ。薄暗いなかで注意してみたが、警視総監の姿もない。当然まっさきに医務室へ運ばれただろう。公安部長が忠義顔でつきそっているのかもしれない。

「負傷者《けがにん》が全部で何人になりますかね。損害額もたいへんなものになりそうだ」

「だからチョビヒゲ王子に十億ドル出させてやればよかったのよ。お由紀のやつが、よけいなことというから」

そういえば、室町由紀子や岸本明の姿もない。警備部にもどったのだろうか。

「ま、あたしが半魚女をかたづけてやれば、後は何とでもなるけどね。あたし以外まったく頼りにならなくて、警視庁もこまったもんだわ」

「お言葉ですが、あなたがいばるのはスジチガイです」

「何でよ」

「さっき半魚姫がいってたでしょう、わざわざ警視庁に乗りこんできたのは、薬師寺涼子、つまりあなたを排除するためだ、と」

「ナマイキなやつよねー、あたしに挑戦しやがってさ。あたしに勝てる気でいるんだ」

「ええ、たしかにナマイキだと思いますが、問題は別のところにあります。つまり、半魚姫がねらっているのはあなたであって、警視庁はマキゾエをくっているだけです」

涼子は美しい瞳を開いて私をにらんだ。

「どうしてそういうヒネクレタ解釈するのかなあ」

「どうしてって、それ以外に解釈のしようがありますか！」

「あー、はいはい、メンドくさいから、そういうことにしておくわ」

「反省してませんね」

「あたし、後悔はしても反省はしないタチなの」

「それじゃ、せめて、今日これからは後悔せずにすむようにしてください」

「するわけないでしょ」

不毛な会話をかわしながら、涼子と私は五階から六階へ、六階から七階へと上っていく。

まさにその時刻、警視庁の外では、水没した街路にエンジン音が鳴りひびいていた。つい二十分ほど前、黄色い水陸両用装甲車が通ってきたのとほとんど同じルートを使って、二台のアクアバイクが濁流に白い航跡を残しながら走って来る。

赤く塗られた車体に、ふたりの少女がまたがっている。黒いベレーに黒いボディスーツ。ひとりの髪は黒、もうひとりの髪は褐色《かっしょく》だ。

その事実を私が知るのは、もう何分か後のことになる。

第九章　雨の後に虹は出るか

I

二十年とすこしばかり前のこと。当時のメヴァト国王ルドラ三世は、同国を旅行中の日本人女性と一時的な恋愛関係をむすんだ。ルドラ三世にはすでに妻子があったが、まじめな国王でも浮気のひとつぐらいはする、ということだろう。本気だったのかもしれないが、そのあたりは深入りしてもしかたのないことだ。

そして生まれたのがサリー・ユリカだが、国王としては認知するわけにいかない。困惑していると、ラフマーディヤ・トルシガンが母娘《おやこ》ともども自分が引きとると申し出た。彼は国王を尊敬していたが、一方では恩を売る気もあっただろう。

とにかく窮地を救われたので、ルドラ三世はトルシガンに借りを感じ、何かと援助した。本人の才覚もあって、トルシガンは日本で社会的成功をおさめ、サリー・ユリカもすこやかに成長していった。

ルドラ三世は、自分の体内を流れるゴユダの血を憎んでいた。過去のご先祖たちのかさねてきた苛政《かせい》をあらためるため、人身売買組織との関係も絶つことにした。敵をつくることは覚悟の上で、改革を推《お》しすすめていったのだ。

こうして十数年は無事にすぎたのだが、メヴァト王室で惨劇がおきる。国王ルドラ三世の一家が皆殺しにされ、王弟ビクラムが即位したのだ。中世に逆行したような王位簒奪劇であった。ルドラ三世の、もっとも兇悪な敵は王宮のなかにいたというわけである。

トルシガンは茫然となり、ついで激怒した。ビクラムの兇悪無惨なやりくちに怒ったのは当然だし、ルドラ三世の死去によって、国政の改革も頓座《とんざ》し、トルシガン自身の将来も暗いものになってしまったのだ。

義憤と私怨《しえん》。両者がトルシガンを駆りたてた。彼は娘として育ててきたサリー・ユリカに事実を打ちあけ、実の父親であるルドラ三世の讐《あだ》を討つよう教唆《きょうさ》した。さらに、それまでは封印しようとしていたゴユダの血が顕現《けんげん》するよう手段をつくした。

こうしてサリー・ユリカの素質が開花する一方、トルシガンはＡＰＣにもひそかにはたらきかけた。ＡＰＣはビクラム二世と結びついてはいたが、それはかならずしも好んでのことではない。悪辣《あくらつ》な統治手法が限界に達すれば、一挙に革命ということもありえるし、そうなったときＡＰＣも巻きぞえになる。メヴァト王室と恒久的な関係を保つためには、ルドラ三世の遺児を利用するのもよし、というわけでＡＰＣとサリー・ユリカとの間にドライな協商《きょうしょう》が結ばれた、というわけである。

さて、ビクラムの次男カドガは窮屈な母国をきらい、香港やタイで遊びほうけていたが、接近してきたサリー・ユリカの美しさにのぼせあがり、いいなりになった。何もかも彼女に告白し、実行犯のひとりバースカラ少佐を訪日の随員とした。復讐の第一歩としてバースカラ少佐を殺そうと、サリー・ユリカは計画したのである。

つまり、半魚姫サリーに殺されたバースカラ少佐は、最初から「愛の生贄《いけにえ》」として差し出された人物だったのだ。カドガ殿下が哀惜《あいせき》しなかったのも当然であった。

前王一家の子ども四人を殺したというのが事実なら、「処刑」されるのも、しかたないかもしれない。ただ、それも自分の意思でやったわけではなくて現国王の命令だろうし、殺されるためにわざわざ日本までやって来たと思えば、やはりアワレな最期である。

予定どおり、バースカラ少佐の「処刑」は終わった。何の心配もなく、真物《ほんもの》のカドガ殿下は巨大テーマパークでの一夜を娯《たの》しみ、翌日は皇居へ。真実は外交特権の黒いケープに隠されて、永遠に葬り去られるはずだった。

ところが。

満足したのはカドガ殿下だけだった。サリー・ユリカ・トルシガンは、日本を出国する前に、もうひと仕事すませるつもりだった。APCから密《ひそ》かな報告を受け、メヴアトに仇《あだ》なす薬師寺涼子なる女性を抹殺《まっさつ》しようとしたのだ……。

塔屋《とうおく》から、私たちは屋上へ出た。

湿度の高い、なまあたたかい風。だが密閉されたビルの内部より、幾分《いくぶん》かはましだ。雨はほとんどやんでいる。

頭上には、東京都民のストレスをためこんだような灰色の雲。黒に近い暗い雲から、白に近い明るい雲までが、はっきり目に見える速度で流れている。流れ去りはしない。東京の上空全体が巨大な洗濯機と化したかのようだ。雲はぐるぐると、北から東へ、東から南へ、南から西へ、西から北へ、執拗に回転をつづけていた。いつでも、滝のような豪雨を再開できるといわんばかりの動きだ。

警視庁ビルの屋上は、緑化などされていない。コンクリートの平地が愛想なくひろがっているだけだ。まだ排水孔へ向かって、たまりにたまった雨水が押しよせ、川の浅瀬のようだった。

半魚姫サリーが立っていたのは、ヘリポートになっている部分の、ほぼ中央だった。口笛を吹いていて、それは『マザー・グース』におさめられた「ロンドン橋おちた」だった。口笛がやみ、殺意をひめた黄玉《トパーズ》みたいな瞳が涼子と私を直視した。

「よく来たな」

半魚姫サリーは笑いつつ賞《ほ》めた。

「もっとも、刻限ぎりぎりだ。あと三十秒、待っても来なかったら、おまえは逃げ出したと判断したところだぞ」

「ご冗談、あたしが逃げるわけないでしょ。あたしの辞書に、『逃亡』とか『謝罪』とか『反省』とかいう不景気な単語は載《の》ってないのよ」

いや、「逃亡」はともかく、あとのふたつはきちんと載せたほうがよいと思うぞ。

「逃げていれば生命《いのち》だけは助かったろうに。それとも、勝てる気でいるのか？」

「あたしは、あんたよりよっぽど場数《ばかず》を踏んでるのよ。あんたみたいなアマチュアに、初心者に、負けるわけない」

サリー・ユリカ・トルシガンは心外《しんがい》そうだった。

「わたしは初心者か」

「自信過剰の若葉マークね。だからブレーキなしで暴走して、速い速いと喜んでるだけ。昨晩《ゆうべ》のザナドゥ・ランドで、あんたは、初心者である証拠をふたつしめした」

「ふたつ？　何だ、それは」

「ひとつには、閂《かんぬき》がはずれたってこと」

「カンヌキ？」

「密室のドアにかかっていたカンヌキよ」

「密室の名は……？」

「泉田クン、想像がつかない？」

想像がついたので、私は答えた。

「殺人の禁忌《タブー》……」

「正解」

涼子は鋭い視線でサリー・ユリカ・トルシガンの顔をひとなでした。

「こいつは人を殺す味をおぼえたのよ。常習的殺人者にだって、かならず最初の殺人行為というものが存在する。それが昨晩《ゆうべ》おこなわれたってこと」

「もうひとつは？」

おもしろそうにサリー・ユリカ・トルシガンが問う。

「もうひとつは全能感よ」

ひややかに涼子が答える。

「あんたは警察の包囲をくぐりぬけ、まんまと犯行現場から逃げおおせた。重要人物《VIP》用の脱出路を、色じかけで重役の誰かから聴《き》き出しておいたんでしょうけどね。とにかく、あんたはすっかり自信をつけて、はでに警視庁に乗りこんできたってわけ。初心者らしく、図に乗りすぎたってことよ」

頭上が暗くなった。見あげると、雲がさらに低く、色が濃くなっている。ときおり電光が白い蛇と化して雲の間を走りぬける。遠雷のうなり声が大気全体を震わせる。

「そうかそうか、そんなことはわたしも知らなかったぞ。よく分析したな」

サリー・ユリカがあざける。かるく拍手までしてみせた。二十歳そこそこの女子大学生にしては、えらい貫禄《かんろく》ではある。

「八つ裂きにしてやるつもりだったが、すこし惜しくなった。人間の女、どうだ、わたしに敵対するのをやめないか」

「やめたら、どうなるっていうの」

「ゴユダにとって人間は家畜だけど、すべての飼主が家畜を虐待するわけじゃない。犬や猫を同族以上にかわいがる人間もいるではないか」

「つまり人間はゴユダのペットになれとでもいうの？」

半魚姫サリーは正面からは答えなかった。

「おまえは飼い慣らし甲斐《がい》のあるペットになりそうだな。美しくて、誇り高くて、そしてワガママだ。ライオンや虎を飼育した古代オリエントの帝王たちの気持ちがわかるぞ。メヴァトとＡＰＣを完全に手にいれたら、おまえの形のいい頸《くび》に黄金の首輪をはめてやろう」

II

涼子は腕を組んで半魚姫サリーをにらんだ。

「あんたが自分につごうよく妄想を突っ走らせて、メヴァト王国やＡＰＣを牛耳《ぎゅうじ》ろうとしても、うまくいくとはかぎらないわよ」

「ほう、なぜそう思う？」

「あんたみたいな小娘の支配を、メヴァト王国やＡＰＣが受けいれるわけないいじゃないのさ」

「受けいれないのは死者だけだ」

あっさりと、サリー・ユリカはいってのける。あやうく聞き流すところだったが、この美しい半魚姫は、「さからうやつは皆殺し」といっているのだ。どうも実父のルドラ三世より、ゴユダの血が濃いようである。涼子がかるくあざ笑った。

「へえ、それじゃ、まずAPCの幹部どもからかたづけていかなきゃね」

「なぜだ？」

「だってさ、APCはあんたを売ったんじゃないの？」

「売った……とは、どういうことだ？」

「APCは、あたしのことをあんたに告《つ》げたわけでしょ？　この薬師寺涼子というやつがジャマ者だって。何でAPCは自分たちの手で、あたしを排除しようとせず、あんたを使おうとしたのか」

皮肉っぽく、涼子は指を振ってみせた。

「APCにしてみれば、あんたがあたしを斃《たお》してもよし。その逆に、あたしがあんたを返り討ちにしてもよし。あんたとあたしが共倒れになれば、重畳《ちょうじょう》この上ないってわけよ。どう、鈍いあんたにもわかったでしょ？」

半魚姫サリーが、かるく肩をすくめた。

「なるほど、APC《やつら》の考えそうなことだが、どうしておまえにそれがわかった？」

「そりゃもう、あたしはいつも共倒れを期待されてるからね」

「期待されてる？　誰から？」

「上層部《うえ》のやつらからよ。期待されてることはわかってるけど、それに応《こた》えてやるつもりは一ミリグラムもないわね。警察だろうがAPCだろうが、他力本願で事態を解決しようというやつらは、痛い目にあうことになってるのよ」

涼子の手が動いた。指がサマースーツの上着の襟にかかる。袖をぬく。サマースーツの上着が所有者の上半身を離れて、私の手もとへ飛んできた。あわてて受けとめる。見ると、涼子はさらにスカートをぬごうとしている。

「け、警視……」

「ご心配なく、ちゃんと着てるわよ。君には残念だろうけどね」

心の準備ができてない部下をせせら笑いながら、警視庁刑事部参事官はスカートをぬぎ、私に放った。その下に彼女が着ていたのは、アンダーウェアではなかった。

先ほど、涼子が半魚姫サリーに攻撃されて後方宙返りしたとき、私は彼女のミニスカートの奥を見ていなかった。その前の室町由紀子の場合もそうだったが、私は目を閉じてしまっていたのだ。だから、涼子がスーツの下に何を着ていたか知らない。彼女は水着を着ていたのだ。

お気に入りなのか、背中が大きく開いた競泳用の水着である。サリー・ユリカにまさるともおとらない至上の曲線美だ。ひとつ頭を振って、ようやく私は声を出した。

「警視、それでは無防備すぎます」

「着こみすぎて、動きが鈍くなるほうがまずいわよ。この半魚女と闘《や》りあうなら、水の中か雨の中になる。だから、さっき、いそいで着替えたの」

半魚姫サリーが警視庁内で荒れくるっていたとき、なぜか涼子がすぐに姿を見せなかったのは、「水中戦闘服」に着替えていたからだったのだ。

「たとえそうだとしても……」

「ダイジョーブだって。あたしがこれまでカスリ傷ひとつ負ったことがないって、君は知ってるでしょ？」

涼子はハイヒールの踵《かかと》を鳴らした。裸足《はだし》になる気はないようだ。

「泉田クン、これ、どこか濡れないところに置いといて」

「はあ、塔屋の中でいいですか」

「いいけど、盗まれないよう、場所を考えてよ」

警視庁で女性服泥棒の心配をしなくてはならないようでは、日本国も終末《おわり》だろう。

大いそぎで私は塔屋の内部へ引き返した。棚などないが、大型の消火器をおさめたケースが壁ぎわに設置されているので、その上に上司のサマースーツをのせる。

そのとき、私は奇妙な音を聞いた。震動も感じた。

落雷か、と思った。だが、音も震動も下からひびいてくる。しかも、しだいに大きくなり、近づいてくるのだ。

涼子のことを気にしながらも、私は手摺《てすり》ごしに階段を見下した。二秒半の後、私の視界に、音の発生源が姿をあらわした。

黄色い、不恰好《ぶかっこう》な金属のかたまり。それが水陸両用装甲車であるとわかった瞬間、私は方向転換していた。塔屋の外へ飛び出す。階段全体をとどろかせ、車体の側面で壁を削《けず》りながら、装甲車がよじ登ってくる。

塔屋のスチールドアが吹き飛んだ。重い不快なひびきをたてて、屋上のコンクリートの上に倒れる。その上を、装甲車が通過する。

まさに闘いをはじめようとしていたふたりの美女が、あっけにとられて装甲車をながめやった。コンクリートや金属の破片をまきちらしつつ、装甲車は停止した。私はひき殺されずにすんだ。

ハッチが開く。卵型の人影がころがり出た。いわずと知れたメヴァト王国第二王子、カドガ殿下である。

「おお、サリー、無事であったか。な、な、もうこれ以上、騒ぐのはやめようぞ。予《よ》には覚悟ができておる。メヴァトの王位など要《い》らぬ。王室を棄《す》てる。国を出て、そなたとふたり、ひっそりとシアワセに暮らそうぞ」

「イヤだ」

即答されて、カドガ殿下は息をのみこんだ。

「な、なぜじゃ、サリー？」

「おまえは、わたしの好みじゃない」

カドガ殿下はよろめいた。続々とハッチから出てきたオトモの面々が、左右から、傍迷惑《はためいわく》な王子さまの身体をささえる。

「そなたは予を愛していると申したではないか」

「いったけど、好みじゃない。最初から好みじゃなかった」

一言一言が鋭利なナイフの刃《やいば》となって、カドガ殿下の厚い皮下脂肪をえぐるのであった。何ともむごい言葉の暴力で、カドガ殿下の非常識さにあきれていた私も、責める気が失《う》せていく。

「そ、それでは、どうして、予と結婚するなどと申したのじゃ、サリーよ」

「決まっている。おまえがメヴァトの王族だったからだ。おまえが父親や兄を排除して、メヴァトの国王になると思ったからだよ」

「お、王位が目的であったのか」

「王位と富だ。それをのぞけば、おまえなどに何の魅力も価値もない。王室を棄てる？　ふん、そうなったら、おまえなんか、酸素を吸う資格も、二酸化炭素を吐き出す権利もない。歩く廃棄物だ。手足のはえた粗大ゴミだ。地球環境を汚染するメタボ菌だ！」

そこまでいわなくても。

私が同情を禁じえずにいると、カドガ殿下は侍従の手を振りほどいて半魚姫サリーを見つめた。沈痛な表情であり、悲劇的な目差《まなざ》しであったが、カドガ殿下の福々《ふくぶく》しい顔と体型には、まるで似合わないのが、残酷な事実であった。

カドガ殿下は、侍従に向けて何かどなった。メヴァト語だったので、意味はさっぱりわからない。見ていると、侍従たちが装甲車の車内から何やら持ち出した。いや、引っぱり出してきた。長くて太い、まさに大蛇のようなホースだ。カドガ殿下が侍従の手からそれを受けとると、それまでだまっていた涼子が鼻先で笑った。

「そのホースで放水でもする気？」

「出すのは水ではない、黄金の溶液じゃ」

ホースの先端近くに黄金のボタンがついている。

「わが国が、日本の造幣局に依頼した件を存じておるか」

「世界一大きい金貨をつくらせるのね。悪趣味なこと」

「その材料を王水《アクア・レギア》で溶《と》かしたのじゃ。十枚分ばかり」

「王水《おうすい》!?」

さすが豪胆不羈《ごうたんふき》の涼子も、私といっしょにおどろきの声をあげた。

王水というと、化学の授業で習ったあれか。濃塩酸と濃硝酸を三対一の容積比で混合した、ものすごく危険な溶解剤。何しろ黄金のような貴金属をドロドロに溶かしてしまうのだ。ゆえに王の水、「王水」と呼ぶ。

「あんた、それを水陸両用車にのせて運んできたの!?」

「うむ、特殊セラミック製のタンクに満タンにしたのじゃ」

「濃塩酸と濃硝酸なんか、どうやって入手したんですかね」

私が疑問を呈すると、涼子が苦々《にがにが》しく吐きすてた。

「そんなもの、カネと外交特権を組みあわせたら、どうにでもなるわよ。黄金を溶かした王水？　よくまあ、そんなことを考えつくもんだわ」

世界最大の金貨、たしか一枚が二百万ドルだったはずだ。すると装甲車のタンクには、二千万ドル分の黄金が液体状でおさまっているのか。

「それをいったいどうする気だ？」

さすがにあきれたようすで半魚姫サリーが問う。

「おお、サリー、愛《いと》しきサリーよ。そなたが生きて予と結ばれぬと申すのであれば、いたしかたない。予はそなたの思い出を形にして永遠に飾るとしよう」

「もしかして、おまえ……」

「あんた、まさか……」

ふたりの美女が絶句する。薄気味悪い笑《え》みを、王子さまは彼女たちに向けた。

「そうじゃ、予はサリーの美しい肉体を黄金の溶液にひたし、かがやける黄金の像として永遠に予の手もとに置くのじゃ。昼には太陽が、夜には月が、サリーの像を美しくかがやかせることであろうぞ」

カドガ殿下の眼球は、愛の幻想にきらめいている。私はいうべき言葉もなかったが、私の上司はミもフタもなく問いを投げつけた。

「あんた、正気なの!?」

「おお、何とオロカな質問じゃ。この世でもっとも美しい狂気を、人は愛と呼ぶのではないか。それを知らぬとは、不幸な女よのう」

何だかずいぶん文学的な王子サマなのであった。だったら外国までやって来て王水なんかまきちらさず、書斎で詩でも書いていればよいものを。

カドガ殿下は両手でホースを持ちあげた。右手の親指が、先端部分のボタンにかかる。

「こら、まて、やめろ!」

涼子の制止を無視して、カドガ殿下は力いっぱいボタンを押した。

III

ホースの先端から液体がほとばしった。

黄金と濃塩酸と濃硝酸の混合体。世界一高価で、世界一危険な液体だ。

「あぶない!」

私が叫ぶより早く、涼子と半魚姫サリーは左右に飛びわかれていた。

コンクリートが「じゅうッ」と音をたて、白い煙が立ちのぼる。こげくさい異臭《いしゅう》が鼻をつく。

黄金を溶かした王水を生身の人間にあびせたからといって、そのまま黄金像ができるわけではないだろう。だが、あびたら最後、大火傷《やけど》をおうのはまちがいない。

残念そうに、カドガ殿下が叫んだ。

「これ、サリー、おとなしくせぬか。逃げたら命中《あた》らぬではないか」

「あたってたまるか！」

身を隠す場所をさがしながら、サリー・ユリカ・トルシガンが叫ぶ。私ははじめて、彼女が発した言葉に共感した。

私は涼子の前に走り寄り、カドガ殿下を向いて両腕をひろげた。王水をあびたら、と思うと慄然《ぞっ》とするが、とりあえず私は服を着ている。涼子は水着姿で、腕も脚も背中もむき出しだ。私のほうがまだ害がすくないはずである。

「私の後ろにいてください、警視」

ところが、部下の心、上司は知らず。いきなり涼子は私の蔭《かげ》から飛び出した。制止する間もなく、カドガ王子に駆け寄ると、おそれおおくも、その頭をはりとばす。

「いいかげんにおし、このアホ王子！」

「あいた、いたた、何という兇暴な女じゃ」

「兇暴なのは、あんたでしょ。ここまでアホとは思わなかった。痛い目にあいたくなかったら、そのホースをこちらへお渡し！」

カドガ王子はホース先端部のボタンに指をかけたまま、涼子を見つめた。妙に好色《スケベ》そうな笑顔をつくる。涼子の水着姿を見れば誰しもそうなるだろうが、どうやらそれだけではなさそうだった。

「ははあ、読めたぞ！」

「読めたって、何が？」

「そなた、嫉妬しておるのじゃな」

「シット!?」

「サリーが黄金の像にしてもらえるのに、自分がかまってもらえないものだから、嫉妬しておる。そうじゃ、そうにちがいない」

「ちょっと、あのね」

「よいよい、そなたも像にしてつかわしてもよいぞ。ただ、サリーが黄金の像なら、そなたは、まあ銀の像じゃな。ちっとばかし品格が劣るからのう、ワハハ」

「何がワハハだ、このアホ王子！」

カドガ殿下は、ゆでタマゴがころがるみたいに、涼子の鉄拳《てっけん》をかわした。どぎつい笑声を立てながら、ホースの先端を涼子に向ける。

私は涼子の手首をつかんで、思いきり引っぱった。

〇・五秒前まで涼子が存在していた無人の空間を、黄金王水が奔《はし》りぬけていく。推《すい》力《りょく》をうしなって、十メートルほど先で屋上をたたいた。

またしても白煙と異臭が立ちのぼる。こうなると、涼子が靴をぬがなかったのは正解だった。もし裸足だったら、王水の直撃を受けなくても、足の裏を焼けただらせることになっただろう。

前代未聞の兇器を振りかざし、放出をつづけながら、カドガ殿下は咆《ほ》えた。

「みんな黄金の像になってしまえばいいのじゃあ！　ずらりと並べて、予の宮殿に飾ってつかわすぞお！」

黄金を溶かした王水。世界犯罪史上に類を見ない兇器だ。人を殺した後、死体を硫酸や塩酸で溶かした例はあるが、王水をホースで放出して人を殺す話など、聞いたことも読んだこともない。

右からも左からも、白煙と異臭が立ちのぼる。警視庁の屋上に、もう百万ドル分くらいは黄金王水がまきちらされたにちがいない。究極のムダづかいだ。こんな浪費を考えついたのは、人類の歴史上、カドガ殿下が最初にちがいない。願わくば最後であってくれ。

「ＯＨＮＯＯＯＯＨ………！」

奇声をあげたのは、カドガ殿下をせおってきた大男だ。たくましい肩や背中から白煙があがる。黄金王水の飛沫《しぶき》をよけそこねたらしい。

「おお、そなたにかかったか。そなたの忠節《ちゅうせつ》はムダにはせぬぞ、よろこべ」

見当ちがいの台詞《せりふ》を吐きながら、なおもカドガ殿下はホースを振りまわす。でたらめな動きが、かえって功を奏《そう》した。つぎに白煙があがったのは、半魚姫サリーの身体だったのだ。

王水をあびた量がすくなかったのか、半魚姫サリーは倒れはしなかった。動きをとめて立ちつくす。その姿を見て、この日何度めのことか、私は息をのんだ。

焼けただれたスイムスーツの下からあらわれたのは、人間の皮膚ではなかった。アルミニウムのように金属的な光沢《こうたく》。それはあきらかに爬虫類のものだった。

「やっと正体をあらわしたわね」

涼子がえらそうにいったが、彼女の功績ではないのだから、いばることはない。

「おお、黄金王水の量がたりなかったか。熱いであろう、サリー、ゆるせ、すぐ楽にしてつかわすぞ」

調子のくるった声で叫びながら、カドガ殿下はさらにホースの先端を半魚姫サリーに向ける。

どちらかといえば、私は権威や秩序を重んじる人間である。だからこそ、警察官という職業を選んだので、私立探偵になろうと考えたことはない。上司は尊敬すべきものだし、王族に対しては礼節を守らねばならぬ。ならぬのではあるが……。

「こ、こら、王族に対して非礼をはたらくか、慮外者《りょがいもの》め、放せや放せ……！」

気がつくと、私は、メヴァト人たちの非難を全身にあびながら、偉大な詩人になりそこねた王子サマをねじ伏せていた。カドガ殿下はホースを放さず、なおも先端近くのボタンを押そうとする。その手を私は力いっぱい押さえつけた。カドガ殿下の手の骨がくだけても、かまうものか。

「ええい、この慮外者をとりおさえよ！」

「日本のコッパ役人が、神聖にして侵《おか》すべからざるメヴァトの王族に無礼を働くか！」

左右から手が伸びて私をなぐりつけ、頸をしめにかかる。悲鳴があがったのは、涼子に蹴りをいれられたメヴァト人の口からだ。

混乱のなかで、あらたな足音と人声がおこった。

「いいかげんにしてください！ ここは日本ですよ。日本の法と秩序を護《まも》るため、これからあなた方を排除いたします！」

すずやかな叱咤《しった》は、室町由紀子のものだった。両手を腰にあてて立つ姿は、まさしく法と秩序の女神。凛然《りんぜん》たる美しさだ。その左右と後方に制服私服の警官たちがひかえている。

「ほんとにいいんですね」

念を押したのは、わが同僚の阿部巡査だった。由紀子が引きつれてきたのは、どうやら各部の混成チームらしい。

由紀子はきっぱりとうなずいた。

「どうせこの件は、両国政府の密室の談合で、なかったことになります。死傷者さえ出なければけっこう、おやりなさい」

「あら、お由紀、生まれてはじめてカシコイことをいったわね。そうよ、あんたたち、殺さないていどに、やっておしまい！」

涼子のほうは、破壊と反抗の女神か。室町由紀子に比《くら》べると、いささか品格が下がるのが部下としては残念だが、とにかく警視庁二大才女の意見が一致したからには、遠慮はいらない。

「ようし、やっちまえ！」

迷惑のかぎりをつくすメヴァト人の一団めがけて、警視庁の精鋭たちが殺到する。

今日一日の苦難で、傷つき汚れてくたびれはてているが、味方として見ると、じつにたのもしい。

怒りに燃えているし、人数も圧倒的だ。たちまちメヴァト人たちはとりおさえられた。大男の侍従は阿部巡査に組み伏せられたし、カドガ殿下はというと……。

「召しとったりイ！」

またも聞きおぼえのある声がして、貝塚さとみ巡査がカドガ殿下の背中にまたがっているのが見えた。うつ伏せになったカドガ殿下は、手首をねじあげられて悲鳴をあげる。

「よくやった、貝塚クン、そのまま……」

そういいかけて、私は、自分の声がひきつるのを自覚した。

「ホースだ！　やつにホースを渡すな！」

おそかった。ふたりの警官が宙に舞って、コンクリートに落下する。

日本人たちの視線が一点に集中した。

「これはこれは、おもしろいことになったな」

黄金王水のホースを手に、冷血動物の笑みを浮かべたのは、サリー・ユリカ・トルシガンである。ちろりと唇をなめた赤い舌の先が、独立して動く生物のように見え

た。

「あぶない、さがれ」

「あのホースは何ですかあ、警部補」

「硫酸だ！」

不正解な返答だが、そのほうがわかりやすい。たしかに効果があって、貝塚さとみも室町由紀子も、他の警官たちも愕然《ぎょっ》とした。コンクリートを踏み鳴らして後退する。丸岡警部の姿もある。短い手足をばたばたさせているのは岸本だ。こいつは何の役にも立たないのだから、引っこんでいればいいのに。

右から左へ、ゆっくりと見わたして、半魚姫サリーが低く笑った。

「くだらない武器だが、ひとりひとりかたづけるのも面倒になった。みんなまとめて、黄金の像にしてやろう。一般公開すれば、警視庁の名物になるぞ。名づけて、『愚者の群像』というのはどうだ？」

ゆがんだユーモアセンスをひけらかしつつ、ホースの先端を涼子に向ける。

「まず愚か者どもの代表、おまえからだ。まったく、外見《みばえ》だけはいいからな。さぞ美しい像ができあがるだろうよ」

涼子は返答しない。恐怖の色もなく、むしろ軽蔑するように、半魚姫サリーをながめている。躍《おど》りかかる機会をねらって靴の踵を浮かせた私は、奇妙なことに気づいた。涼子の視線は半魚姫サリーよりも、むしろその背後に向けられているではないか。

サリー・ユリカ・トルシガンがホースの先端のボタンを押そうとした、まさに寸前。

半魚姫の背後の空に、ふたつの黒影が躍りあがった。

黒は着ている衣服の色だ。優美な曲線は、若い女性のものだった。私の後方にひしめく警官たちがどよめいた。

はっとして、半魚姫サリーが身をひるがえそうとする。

ふたつの人影が、手もとから何かを発射した。空気が鳴り、黒いロープが生きた蛇さながらに宙を疾《はし》る。一瞬にして、サリー・ユリカ・トルシガンは、両手首と両足首にロープを巻きつけられていた。

「…………!?」

身動きできないまま立ちつくす半魚姫の手から、涼子がホースをひったくる。ふたつの人影は、いったん手摺に舞いおり、すぐそれを蹴って、屋上のコンクリートに着地した。

「ミレディ！」

そう呼びかける彼女たちを、私は知っていた。

「リュシエンヌ！　マリアンヌ！」

褐色の髪のリュシエンヌと、黒い髪のマリアンヌ。彼女たちは薬師寺涼子のメイドだ。忠実なメイド、いや、忠実すぎるメイド。ただのメイドではなく、いったいどういう身の上か、戦闘と破壊工作のエキスパートなのである。

フランスから日本へ呼び寄せられたが、夏の間は軽井沢《かるいざわ》で別荘番をしているはずだった。何しろ八月の平均気温は、パリの十九度Cに対して、東京は二十八度C。東京の酷暑日と熱帯夜には、天使だろうと悪魔だろうと対抗しようがない。

だから涼子は九月末まで彼女たちを軽井沢にとどめておいた。そのはずだったが、現にいま彼女たちは私の眼の前にいる。

もちろん涼子が急遽《きゅうきょ》、呼び寄せたのだろう。特別出動、あるいは緊急出動というやつだ。

手摺に鉤《かぎ》がかかり、おそらく特殊繊維《せんい》製のロープが壁面に揺れている。彼女たちは警視庁ビルの外壁をクライミングしてきたのだ。

「いつ彼女たちに連絡したんです？」

「連絡はしてないわよ。その逆」

「逆？」

「一時間以上、連絡がとだえたら、すぐ警視庁へ駆けつけてちょうだい――そういってあったの。今朝のうちにホテルからね」

涼子がいったのは今日のことだが、昨日のうちに彼女はメイドたちを軽井沢から呼び寄せ、高輪の自宅で待機させていたのだった。

なるほど、と私はうなずいた。昨夜と今朝、涼子は最強の戦力をととのえて、危急《ききゅう》にそなえていたわけだ。その準備をすませた上で、車内から平村准教授に連絡をとったということになる。私も、マリアンヌとリュシエンヌの存在を思い出し、彼女たちが現在どこにいるのか涼子に尋ねようとしたとき、サリー・ユリカが警視庁に来襲《らいしゅう》したのだ。

サリー・ユリカ・トルシガンが身体をもみ、口惜《くや》しげな声をあげた。これほどあざやかに不意を打たれるとは想像もせず、はなはだプライドが傷ついたらしい。

「きたないぞ。一対一の勝負ではなかったのか!?」

「そんな約束したオボエはないけど、仮《かり》にそうだったとしても、ホースで王水をまきちらそうとしたやつに、とやかくいわれるスジアイはないわね。状況の変化、これこそ正義を実現する第一歩というものよ。オッホホホホ！」

すっかり勝ち誇って、正義を僭称《せんしょう》しながら、「魔女の中の魔女《ウイッチ・オブ・ウイッチズ》」は水着の胸をそらした。

Ⅳ

うめきながらサリー・ユリカ・トルシガンは手を動かした。何とかロープを解こうとする。

その動きを目にとめた涼子が、ホガラカにせせら笑った。

「うかつに触れると、指が切断されるわよ。そのロープには炭素繊維がしこんであるからね。ＪＡＣＥＳ《ジャセス》の新製品よ」

どう状況が変化しようと、オーナー社長のお嬢さんは、宣伝をオロソカにしないのであった。

サリー・ユリカの両眼は黄色い電球みたいに光を放ちつづけ、もはや完全に人間のものではなくなっている。それを見た日本人一同、気をのまれて声も出ない。

「さあ、観念おし。あんたは日本で人を殺したんだから、日本で法の裁きを受けるのよ」

ただひとり声を出せる人物は、ホースを私に手渡すと、半魚姫サリーに歩み寄ろうとした。サリー・ユリカはうめき声をあげ、手摺に背をあずけた。ためらいもなく後方にのけぞる。両足が宙に浮いた。

「お待ち！」

意図を察した涼子が手を伸ばす。

一瞬、半魚姫サリーの両眼が私たちを見すえた。爬虫類の眼が、人類をにらんだのだ。黄金色に燃えさかる熔岩《ようがん》のかたまり。

まさしく一瞬のことでしかなかったが、冷笑と自嘲と敵意を狂的にたぎらせた彼女の眼光を、私は忘れないだろう。たぶん一生。

涼子の手はとどかなかった。

宙に浮いて、たちまちサリー・ユリカ・トルシガンは地球の重力に囚《とら》われた。落ちる。まっさかさまに。

呪縛《じゅばく》がとけて、日本人一同は手摺に駆け寄った。何十もの顔が、いっせいに地上を見おろす。

道路はなお本来の姿を回復していない。青褐色の濁流があれくるう直線の川だ。その一点に飛沫があがって、落下したサリー・ユリカ・トルシガンの身体は水中に没した。そのまま濁流にのみこまれる。

「おぼれるぞ」

「あれじゃ助からんな」

サリー・ユリカ・トルシガンの正体を知らない者たちが、口々にいいかわしている。すでに彼女の超人ぶりを見せつけられているはずだが、両手両足を縛られた状態で濁流に巻きこまれたとあっては、とうてい助かるとは思えない。

私のすぐ横に涼子、その横にマリアンヌとリュシエンヌ、さらに室町由紀子も並んで濁流を見おろし、いずれも無言だった。貝塚さとみと阿部巡査に左右の腕をとられた形で、カドガ殿下も濁流を見おろす。一分近くの時間が経過したとき。

「あ、あ、あれは何でしょう!?」

チャボ岸本の声だ。右手の指を伸ばすと、一同そろって視線を集中させた。

濁流のなかから、数千の飛沫とともに躍りあがったものがある。一瞬、人間かと思った。そうではなかった。胴体に比べて四肢《しし》は短く、胴体はそのまま太い長大な尾につづいている。頭部も長く、裂けた口は人ひとりをのみこみそうだった。全身、黄金の鱗《うろこ》によろわれている。

「ワニじゃないか」

「どこから逃げ出したんだ」

「かなり大きいぞ。あの女、水中でワニに喰われたんじゃないだろうな」

警官たちが騒ぎたてる。彼らの発言は妥当《だとう》だが、じつはまちがっていることを、涼子と私だけが知っていた。

ワニが警視庁の屋上へ向けて巨大な口を開いた。叫んだようにも見えたし、嘲弄《ちょうろう》しているようにも見えたが、声は聞こえなかった。黄金色のワニは口を閉ざすと、身をひるがえし、あらたな飛沫をあげて濁流に没していった。

大きくひとつ息を吐き出して、私は上司を見やった。

「警視……」

「フン、今回はこれで終わりか」

「終わりですかね」

「あのワニ女が、どういう形であれメヴァトにたどりつけば、いずれ血なまぐさい第二幕が開くわ。たどりつけなきゃそれまでのこと」

「はあ」

「あたしも、遠からずＡＰＣの身のほど知らずどもを泣かしてやるつもりだけどね。

ま、ひと休みしてからにしよう」

突然、聞き苦しい泣き声がおこって、私たちの小声の会話をかき消した。

「おお、サリー、愛《いと》しのサリーよ……」

歎《なげ》き悲しむカドガ殿下を、ふりむいた涼子が一喝する。

「このデブ！　いいかげんにおしってば！」

「デ、デブじゃと。愛は万人に平等のはずじゃ。体型をとやかくいうのは差別ではないか」

「やかましい！　カネと権力で体型をカバーしようというフトドキ者のくせして、えらそうなことをいうな！」

トドメを刺された態《てい》で、カドガ殿下は胸をおさえてひっくりかえった。侍従たちにかかえおこされる。

あらたな人声がおこった。

「こら、カドガ殿下にそれ以上、無礼をはたらくな。友好第一、友好第一だぞ」

いかにも横柄《おうへい》そうな声の主は公安部長だった。ノンキャリア一同の予想の範囲内だ。万事かたづいて安全になってから姿をあらわすお人なのである。

人造人間めいた無表情な男たちが、十人ほど彼にしたがっていた。公安部の私服警官たちだろう。

「殿下、ご無事で何よりです」

一礼してから、公安部長は周囲をにらみわたした。

「いいか、カドガ殿下は外国の王族だぞ。わが国のたいせつな公賓だ。これ以上、君たちがかかわることは、絶対に許さん」

カドガ殿下の、愛と脂肪に満ちあふれた身体は、オトモのメヴァト人たちによって運ばれていった。その周囲を、公安部の私服警官たちが無表情にかため、塔屋のなかへと姿を消していく。

「カドガ殿下は今日、警視庁になどいらしていない。午後はずっと、メヴァト王国大使館でご休息になって、明日、関西へお発《た》ちになる。それ以外の事実は存在せん。すべては日本の国益のためだ。わかったな！」

肩をそびやかして、公安部長も背中を見せた。その薄くなりかけた後頭部に向かって、涼子がアカンベエをしてみせる。

「かくして、歴史は捏造《ねつぞう》される」

そういって、涼子が私を見た。

「ま、チャチな歴史だし、これを暴露《ばくろ》したところで、誰も得をしないからね。ここはオトナの対応をしてやろうか」

「そうですね」

白手《すで》の女性ひとりに警視庁が蹂躙《じゅうりん》され、百人近い重軽傷者を出し、一時的にせよ機能停止、潰滅《かいめつ》状態。そんな事実を外部に知られるのは、私としてもつらい。涼子のふたりのメイドについて追及されるのも好ましくないことだった。

「さあ、いきましょう。後始末がおおごとよ」

「あとしまつ」の一語にさまざまな意味をこめて、室町由紀子が踵《きびす》を返した。なぜかもみ手をしながら、岸本が後につづこうとする。二歩ばかり足を運んだところで、由紀子が肩ごしに振り向いた。

「お涼、ちゃんと服を着なさい、幼稚園児じゃないんだから」

「よけいなお世話だ！」

またしてもアカンベエをするオトナゲない上司に、私は声をかけた。

「カッコよかったですよ」

「何が？」

「公安部長に向かってタンカを切ったときです」

半魚姫サリーの破壊力に動転した公安部長が、自衛隊を呼ぼうと主張したとき、涼子は応えた――矜持《きょうじ》のないやつは警視庁から出ていけ、と。そのときの涼子は、ほんとうにカッコよかったのだ。

「泉田クン、君は認識がたりない」

「は？」

「あたしは、いつだってカッコいいのよ」

彼女がいうとおりだった。涼子はいつだってカッコいい。たとえ場ちがいな水着姿であっても……。

あわてて私は塔屋に向かって走り出そうとした。上司がとがめた。

「どこへいくの？」

「あなたの服をとってきます」

「塔屋の内部、どうなってるかわかってるの？」

私の足がとまる。水陸両用装甲車が突破してきたのだ。さぞ破損されていることだろう。公安部長たちも室町由紀子たちももどってこないから、通れることは通れるのだろうが、涼子の服はどうなったことやら。

とりあえず私は自分の上着をぬいで涼子の肩に着せかけた。汗や水や埃《ほこり》で万全の状態とはとてもいえなかったが、涼子はべつに文句をつけなかった。口に出したのは他のことだ。

「総監も今日かぎりでクビかあ、しかたないわね」

たしかに、警視庁内にテロリストの侵入を許し、何十人もの負傷者まで出たのだ。総監の引責《いんせき》辞任という事態は充分にありえる。

とすると、あのヘタな俳句ともお別れか。思えば警視庁の名物といえないこともなかった。感慨にふけりそうになって、私は、おそるべき可能性に気づいた。

「まさか、後任は、公安部長の昇格ってことにはならないでしょうね」

「いくら日本の警察でも、そこまで甘っちょろくないわよ。たぶん警察庁のほうから誰かやってくるわ。ま、誰が来ようと、あたしのやることに口出しはさせないけどね
……あら、何の音？」

何だか京劇《きょうげき》のテーマ曲みたいなにぎやかな音楽がひびいて、貝塚さとみが服のポケットに手を差しこんだ。

「よかったあ、携帯電話が通じるようになったみたいです。あ、向こうで話しますので」

貝塚さとみが塔屋へと駆け出す。丸岡警部が阿部巡査をかえりみた。

「全面復旧まで何日かかるか見当もつかんが、とりあえず第一歩だな。阿部クン、医

務室へいこうか」

「はい、じつはちょっと痛くなってきました」

ふたりは涼子にかるく敬礼し、「ご苦労さま」の言葉を受けて塔屋へと向かった。見まわすと、なお屋上に残っているのは四人だけだ。涼子とふたりのメイド、それに私だけ。

「リュシエンヌ、マリアンヌ、ロープは回収した？　証拠を残しておいたらダメだからね」

「ウイ、ミレディ」

美少女ふたりが口をそろえる。涼子は腕をひろげてメイドたちの肩を抱き、頰《ほお》と額《ひたい》に唇をあてた。

「ご苦労さま、とりあえず、これはゴホウビ。交通機関が復旧したら、軽井沢に帰って、もうすこし涼しくなるまで滞在しておいで」

涼子は視線を動かし、意地悪そうに私を見た。

「泉田クンへのゴホウビは……まあ必要ないか。昨晩《ゆうべ》、ダイナソー・キングダムで前渡ししておいたことだしね」

「え……？」

めんくらう私に、さらに意地悪そうな目つきを向けると、涼子はメイドたちの肩を抱いたまま、踵を返した。塔屋へと向かう。

ただひとり、屋上に取り残されそうになった私は、あわてて上司の後を追った。主人を失った装甲車が置き去りにされている。その黄色い車体の傍《そば》を通りすぎたとき、暗い空の下で、私は、何者かの皮肉な笑声を聞いたような気がした。

雨あがり　虹がきらめく　警視庁　総監

解説

作家　倉阪鬼一郎

ミッドナイト・レインボウ色のワンダーランドへようこそ。

人気シリーズも巻を重ねて八作目、今回は巨大テーマパークを舞台に、ひときわ派手な活劇が展開されます。

タイトルが「水」で始まりますから、水槽を思い浮かべてみましょうか。その装置（物語世界）の中に、さまざまな色のついた水輪《みなわ》が次々に広がるにつれて、読者はしだいに驚異の目を奪われていく——そんな動きのあるアートワークをまず想像してみましょう。

最初に投じられる水輪は、南アジアのメヴァト王国のカドガ殿下です。この小国自体が巧妙に生み出された妖しい色の水輪です。虚実取り混ぜて王国の由来を語るところは作者にとっては自家薬籠中のもので、後半に登場する超自然的存在にまつわる部分でも冴えた腕が遺憾なく発揮されています。

次なる水輪は、巨大テーマパークです。東京ザナドゥ・ランドというなにやら聞いたことのあるようなテーマパークで存分に遊ぶことを所望された殿下ですが、あいにく先約がありました。その貸し切り権を持っていたのが、ミッドナイト・レインボウ色に光る瞳の持ち主、われらが薬師寺涼子《やくしじりようこ》警視なのでした。

だんだん舞台が整ってまいりました。殿下にテーマパークの貸し切り権を譲った薬師寺警視の目の前で、いよいよ事件が起こります。次に広がるのは赤い血の水輪です。なんと、カドガ殿下がテーマパークのキャラクターの半魚姫に殺されてしまったのです。

人工の水輪にまたべつの色の水輪を重ねることによって、物語はよどみなく進行し、ついに怪奇事件簿の真打ちというべき超自然的存在が水槽の中に姿を現します。そして、最後の戦いが繰り広げられるのですが、その詳細については読んでのお楽しみということにして、もう一つの装置とも言うべきヒロインにスポットライトを当ててみましょう。

薬師寺涼子、二十七歳。警視庁刑事部参事官にして、階級は警視。いわゆるキャリア官僚で、ゆくゆくは女性で最初の警視総監の地位を予想されている。性格は悪いが、つみかさねた功績は富士山より高く、しかも政・官・財の三世界において、重要人物《VIP》たちの弱みや汚点を無数につかんでいるから、誰も彼女に手出しできないのだ。

(中略)すずしげな真珠色のスーツ姿だが、スカートは過激なほど短く、完全無欠な脚線美を展示している。警視総監としては不必要の資質ながら、後光がさして虹《にじ》色のプリズムにつつまれるほどの美女である。

という派手やかな登場ぶりで、宝塚の男役スターを彷彿《ほうふつ》させます。

実際、お涼さまは女性にも大変人気があるのですが、その理由は、必ず形容される「性格の悪さ」のありようにあるのではないかと思います。

たしかに、どう間違っても「性格がいい」とは言えないヒロインですが、ホラーサスペンスに登場する女性のような陰湿な性格の悪さではありません。真綿で首を絞めたりはしない、一刀両断のさわやかさがあります。言ってみれば、妙な形容ではありますが、薬師寺涼子は「竹を割ったようにゆがんでいる」のです。

普通の竹のようにまっすぐではありません。明らかにゆがんでいます。しかしながら、見る角度を変えれば、竹はまっすぐに伸びているのです。

警察小説の主人公というと、過去の事件などにトラウマを抱えていて、悩みながら成長したり破滅したり、いろいろと鬱陶《うっとう》しいドラマを演じるものですが、薬師寺警視はそういった内的葛藤からは見事なまでに解放されています。語り手に部下の泉田準《いずみだじゅん》一郎《いちろう》警部補を配し、その主観のフィルターをかけてヒロインを描写するという心憎い構造も功を奏して、警察小説にまつわる湿潤さを一掃することに成功したのが本シリーズと言えましょう。

そういう意味ではアンチ警察小説なのですが、物語のコード進行を吟味すれば、本作はアンチミステリーでもあります。いや、アンチミステリーと言うと印象がむやみに重くなってしまいますから、「軽アンチミステリー」という呼称がふさわしいでしょうか。

作者の田中芳樹さんはもともと雑誌「幻影城」の出身で(同誌の新人賞受賞時の筆名は李家豊《りのいえゆたか》)、ミステリーに対しても並々ならぬ造詣《ぞうけい》をお持ちであることは、『書物の森でつまずいて……』(講談社文庫)を繙《ひもと》けばすぐわかります。この作品も、謎の転がし方などはまぎれもなくミステリーなのですが、変貌を遂げるのは後半です。

普通のミステリーでは、物語の前半に超自然的存在(もしくはそう思われるもの)

が登場し、推理の光が照射されることによってすごすごと退散していきます。しかし、本シリーズではおおむね後半に現れてヒロインと対決するのです。しかも、その対決ぶりたるや、本作では虹色の斜線と斜線のぶつかり合いを見るかのようで、読者の想像の斜め上を行く派手な展開が待ち受けています。

斜め上から、じめじめした世界を一刀両断！

これはヒロインと物語の両方に当てはまります。薬師寺涼子に感情移入して、斬るほうに立っても快感が得られましょうが、斬られるほうに回っても楽しめるのが本シリーズの醍醐味です。女性ファンのみならず、男性ファンも数多くいることは当然すぎるほど当然と言えましょう。「涼子さま命」の男性ファンがどういう人種であるかは、突然引き合いに出して恐縮ですが『東京ナイトメア』（講談社文庫）の西澤保彦さんの解説を読めば、手玉に取られるように……いや、手に取るようにわかるでしょう。

そんな男性ファンのために、慈悲深い涼子さまは本作でも美しいコスプレを披露してくださいます。泉田警部補が「無防備すぎます」と思わず口走った衣装が何かは秘密として、ここでは「いまだ書かれていないコスプレ」を二つ、物語世界と重ね合わせるかたちで提示してみたいと思います。

まずは、体操選手です。実際は、薬師寺涼子ほどの度外れた長身だと体操選手にはなれません。かなりの確率で、段違い平行棒で頭を打ってしまうことでしょう。しかし、随所で見せるヒロインの身体能力は専門の体操選手も顔負けのものです。加えて、着地で決めポーズを作ったときの表情がすばらしい。間違ってもにこやかに笑ったりはしません。そういった媚《こび》を売るようなしぐさとは無縁です。

「フン、このあたしが失敗するはずがないじゃないの……オーッホホホホ！」

そう言わんばかりの冷たい笑みが目に浮かぶようではありませんか。

もう一つのコスプレは、女性指揮者です。

解説者は以前、西本智実、新田ユリ、アヌ・ターリといった女性指揮者のコンサートを好んで聴いていたことがあるのですが、あの黒い燕尾服を身にまとうと実際より大きく見えるものです。薬師寺涼子にはぴったりの役どころでしょう。

さまざまな道に通じているスーパーヒロインですが、その中には音楽も含まれています。『霧の訪問者』（講談社文庫）ではスメタナとシベリウスのコンサートを聴いていますから、なかなかいい趣味の持ち主です。

本書はさしずめ嬉遊曲でしょうか。物語は冒頭からリズムとテンポよく進んでいきます。

それに寄与しているのは、個々の音符とも言うべき言葉の配列、すなわち文章です。例えば、次のくだりを見てみましょう。

窓の外が赤く青く、さらに黄金色にきらめき、乾いた音が弾けた。カドガ殿下のために花火が打ちあげられているのだろう。くりかえすが、私の知ったことではない。すべてがつくりごとの、別世界の出来事だった。

この部分だけではありませんが、文末の処理がすべて違います。ために、リズムが生まれるのです。下手な小説だと「だった」ばかりが続いて興ざめすることがあったりしますが、この嬉遊曲には無縁です。エンターテインメントの作家を目指す方なら、テキストを音読してみるのもいいかと思います。きっと勉強になることでしょう。

さて、音楽が後半に入り、テンポがアッチェレランド（徐々に速く）に変わると、指揮者はタクトを勢いよく振りながら存分に暴れはじめます。

その腕の動きは、すでにおなじみのものでしょう。

そう……斜め上から、一刀涼断！

本書は二〇〇七年十二月、祥伝社ノン・ノベルとして刊行されました。

|著者| 田中芳樹　1952年熊本県生まれ。学習院大学大学院修了。'77年第3回幻影城新人賞、'88年第19回星雲賞を受賞。壮大なスケールと緻密な構成で、SFロマンから中国歴史小説まで幅広く執筆を行う。著書に『創竜伝』シリーズ、『薬師寺涼子の怪奇事件簿』シリーズ、『夏の魔術』シリーズ、『銀河英雄伝説』シリーズ、『タイタニア』シリーズ、『西風の戦記《ゼピュロシア・サーガ》』、『岳飛伝』、『「イギリス病」のすすめ』（共著）、『中欧怪奇紀行』（共著）など多数。2005年『ラインの虜囚』（講談社ミステリーランド）で第22回うつのみやこども賞を受賞した。『薬師寺涼子の怪奇事件簿』シリーズ既刊文庫に『魔天楼』『東京ナイトメア』『巴里《パリ》・妖都変』『クレオパトラの葬送』『黒蜘蛛島《ブラックスパイダー・アイランド》』『夜光曲』『霧の訪問者』がある。

田中芳樹公式サイトURL　http://www.wrightstaff.co.jp/

水妖日《すいようび》にご用心《ようじん》　薬師寺涼子《やくしじりようこ》の怪奇事件簿《かいきじけんぼ》

田中芳樹《たなかよしき》

講談社文庫
定価はカバーに
表示してあります

2010年12月15日第１刷発行

発行者――鈴木　哲
発行所――株式会社　講談社
東京都文京区音羽2-12-21　〒112-8001
電話　出版部（03）5395-3510
　　　販売部（03）5395-5817
　　　業務部（03）5395-3615

デザイン―菊地信義
本文データ制作―講談社プリプレス管理部
印刷―――豊国印刷株式会社
製本―――株式会社若林製本工場

Printed in Japan

ISBN978-4-06-276821-4

講談社文庫刊行の辞

二十一世紀の到来を目睫に望みながら、われわれはいま、人類史上かつて例を見ない巨大な転換期をむかえようとしている。

世界も、日本も、激動の予兆に対する期待とおののきを内に蔵して、未知の時代に歩み入ろうとしている。このときにあたり、創業の人野間清治の「ナショナル・エデュケイター」への志を現代に甦らせようと意図して、われわれはここに古今の文芸作品はいうまでもなく、ひろく人文・社会・自然の諸科学から東西の名著を網羅する、新しい綜合文庫の発刊を決意した。

激動の転換期はまた断絶の時代である。われわれは戦後二十五年間の出版文化のありかたへの深い反省をこめて、この断絶の時代にあえて人間的な持続を求めようとする。いたずらに浮薄な商業主義のあだ花を追い求めることなく、長期にわたって良書に生命をあたえようとつとめるところにしか、今後の出版文化の真の繁栄はあり得ないと信じるからである。

同時にわれわれはこの綜合文庫の刊行を通じて、人文・社会・自然の諸科学が、結局人間の学にほかならないことを立証しようと願っている。かつて知識とは、「汝自身を知る」ことにつきていた。現代社会の瑣末な情報の氾濫のなかから、力強い知識の源泉を掘り起し、技術文明のただなかに、生きた人間の姿を復活させること。それこそわれわれの切なる希求である。

われわれは権威に盲従せず、俗流に媚びることなく、渾然一体となって日本の「草の根」をかたちづくる若く新しい世代の人々に、心をこめてこの新しい綜合文庫をおくり届けたい。それは知識の泉であるとともに感受性のふるさとであり、もっとも有機的に組織され、社会に開かれた万人のための大学をめざしている。大方の支援と協力を衷心より切望してやまない。

一九七一年七月

野間省一

講談社文芸文庫

野間宏
暗い絵・顔の中の赤い月
〈講談社文芸文庫スタンダード〉
解説・年譜＝紅野謙介

敗戦後の文学界に彗星のごとく出現した新人・野間宏。衝撃のデビュー作「暗い絵」や「顔の中の赤い月」「崩解感覚」など、初期代表作六篇収録のオリジナル作品集。

978-4-06-290107-9
のB3

小沼丹
銀色の鈴
解説＝清水良典　年譜＝中村明

前妻の死から再婚までを淡々と綴った表題作、戦時下、疎開先での教員体験をユーモラスに描いた「古い編上靴」など七篇を収録。滋味あふれる小沼文学の代表作。

978-4-06-290106-2
おD6

三木卓
震える舌
解説＝石黒達昌　年譜＝若杉美智子

平和な家庭でのいつもの風景の中に忍び込むある予兆。それは、幼い娘の〈破傷風〉という病いだった。その子と両親と医師の壮絶な闘いを描いた衝撃の人間ドラマ。

978-4-06-290108-6
みE3

講談社文庫　目録

高橋克彦　高橋克彦自選短編集〈3 時代小説編〉
高橋　治　男波　女波 (上)(下)〈放浪一本釣り〉
高橋　治　星の衣
高樹のぶ子　妖しい風景
高樹のぶ子　エフェソス白恋
高樹のぶ子　満水子 (上)(下)
田中芳樹　創竜伝1〈超能力四兄弟《ドラゴン》〉
田中芳樹　創竜伝2〈摩天楼の四兄弟《ドラゴン》〉
田中芳樹　創竜伝3〈逆襲の四兄弟《ドラゴン》〉
田中芳樹　創竜伝4〈四兄弟《ドラゴン》脱出行〉
田中芳樹　創竜伝5〈蜃気楼都市《ミラージュ・シティ》〉
田中芳樹　創竜伝6〈染血の夢《ブラッディ・ドリーム》〉
田中芳樹　創竜伝7〈黄土のドラゴン〉
田中芳樹　創竜伝8〈仙境のドラゴン〉
田中芳樹　創竜伝9〈妖世紀のドラゴン〉
田中芳樹　創竜伝10〈大英帝国最後の日〉
田中芳樹　創竜伝11〈銀月王伝奇〉
田中芳樹　創竜伝12〈竜王風雲録〉
田中芳樹　創竜伝13〈噴火列島〉

田中芳樹　魔天楼〈薬師寺涼子の怪奇事件簿〉
田中芳樹　東京ナイトメア〈薬師寺涼子の怪奇事件簿〉
田中芳樹　巴里《パリ》・妖都変〈薬師寺涼子の怪奇事件簿〉
田中芳樹　クレオパトラの葬送〈薬師寺涼子の怪奇事件簿〉
田中芳樹　黒蜘蛛島《ブラックスパイダー・アイランド》〈薬師寺涼子の怪奇事件簿〉
田中芳樹　夜光曲〈薬師寺涼子の怪奇事件簿〉
田中芳樹　霧の訪問者〈薬師寺涼子の怪奇事件簿〉
田中芳樹　水妖日にご用心〈薬師寺涼子の怪奇事件簿〉
田中芳樹　西風《ゼピュロシア・サーガ》の戦記
田中芳樹　夏の魔術
田中芳樹　窓辺には夜の歌
田中芳樹　書物の森でつまずいて……
田中芳樹　白い迷宮
田中芳樹　春の魔術
田中芳樹　タイタニア1〈疾風篇〉
田中芳樹　タイタニア2〈暴風篇〉
田中芳樹　タイタニア3〈旋風篇〉
幸田露伴 原作　田中芳樹　運命〈二人の皇帝〉
田中芳樹　土屋守　「イギリス病」のすすめ

田中芳樹ほか文　皇名月 画・文　中国帝王図
田中芳樹　赤城毅　中欧怪奇紀行
田中芳樹 編訳　岳飛伝(一)〈青雲篇〉
田中芳樹 編訳　岳飛伝(二)〈烽火篇〉
田中芳樹 編訳　岳飛伝(三)〈風塵篇〉
田中芳樹 編訳　岳飛伝(四)〈悲曲篇〉
田中芳樹 編訳　岳飛伝(五)〈凱歌篇〉
高任和夫　架空取引
高任和夫　粉飾決算
高任和夫　告発倒産
高任和夫　商社審査部25時〈知られざる戦士たち〉
高任和夫　起業前夜 (上)(下)
高任和夫　燃える氷 (上)(下)
高任和夫　債権奪還
高任和夫　敗者復活戦
高任和夫　生き方の流儀〈28人の達人たちに訊く〉
谷村志穂　十四歳のエンゲージ
谷村志穂　十六歳たちの夜
谷村志穂　レッスンズ

講談社文庫 目録

谷村志穂 黒髪
高村 薫 李歐《りおう》
高村 薫 マークスの山(上)(下)
高村 薫 照柿(上)(下)
多和田葉子 犬婿入り
多和田葉子 旅をする裸の眼
岳 宏一郎 蓮如夏の嵐(上)(下)
岳 宏一郎 御家の狗
武 豊 この馬に聞いた! フランス激闘編
武 豊 この馬に聞いた! 炎の復活凱旋編
武 豊 この馬に聞いた! 大外強襲編
武田 圭 南海楽園〈タヒチ、バリ、モルジブ……サーフィン一人旅〉
武田 圭 波を求めて世界の海へ〈南海楽園2〉
高橋直樹 湖賊の風
橘 蓮二 監修・高田文夫 大増補版おあとがよろしいようで〈東京寄席往来〉
多田容子 柳影
多田容子 女剣士・一子相伝の影
田島優子 女検事ほど面白い仕事はない
高田崇史 QED〈百人一首の呪《しゅ》〉
高田崇史 QED〈六歌仙の暗号〉
高田崇史 QED〈ベイカー街の問題〉
高田崇史 QED〈東照宮の怨〉
高田崇史 QED〈式の密室〉
高田崇史 QED〈竹取伝説〉
高田崇史 QED〈龍馬暗殺〉
高田崇史 QED ～ventus～〈鎌倉の闇〉
高田崇史 QED〈鬼の城伝説〉
高田崇史 QED ～ventus～〈熊野の残照〉
高田崇史 QED〈神器封殺〉
高田崇史 QED ～ventus～〈御霊将門〉
高田崇史 QED〈河童伝説〉
高田崇史 毒草師〈QED Another Story〉
高田崇史 試験に出るパズル〈千葉千波の事件日記〉
高田崇史 試験に敗けない密室〈千葉千波の事件日記〉
高田崇史 試験に出ないパズル〈千葉千波の事件日記〉
高田崇史 パズル自由自在〈千葉千波の事件日記〉
高田崇史 麿の酩酊事件簿〈花に舞〉
高田崇史 麿の酩酊事件簿〈月に酔〉
高田崇史 クリスマス緊急指令〈～きよしこの夜、事件は起こる!～〉
竹内玲子 笑うニューヨーク DELUXE
竹内玲子 笑うニューヨーク DYNAMITES
竹内玲子 笑うニューヨーク DANGER
竹内玲子 踊るニューヨーク Beauty Quest
竹内玲子 爆笑ニューヨーク POWERFUL《パワフル》〈アホで使える最新情報てんこ盛り!〉
団 鬼六 外道の女
立石勝規 国税査察官
高野和明 13階段
高野和明 グレイヴディッガー
高野和明 K・Nの悲劇
高野和明 6時間後に君は死ぬ
高里椎奈 銀の檻を溶かして〈薬屋探偵妖綺談〉
高里椎奈 黄色い目をした猫の幸せ〈薬屋探偵妖綺談〉
高里椎奈 悪魔と詐欺師〈薬屋探偵妖綺談〉
高里椎奈 金糸雀《カナリア》が啼く夜〈薬屋探偵妖綺談〉
高里椎奈 緑陰の雨 灼けた月〈薬屋探偵妖綺談〉
高里椎奈 白兎が歌った蜃気楼〈薬屋探偵妖綺談〉
高里椎奈 本当は知らない〈薬屋探偵妖綺談〉

講談社文庫 目録

津島佑子　火の山――山猿記（上）（下）
津村節子　智恵子飛ぶ
津村節子　菊日和
津本　陽　塚原卜伝十二番勝負
津本　陽　拳豪伝
津本　陽　修羅の剣（上）（下）
津本　陽　勝つ極意 生きる極意
津本　陽　下天は夢か 全四冊
津本　陽　鎮西八郎為朝
津本　陽　幕末剣客伝
津本　陽　武田信玄 全三冊
津本　陽　乱世、夢幻の如し（上）（下）
津本　陽　前田利家 全三冊
津本　陽　加賀百万石
津本　陽　真田忍侠記（上）（下）
津本　陽　歴史に学ぶ
津本　陽　おおとりは空に
津本　陽　本能寺の変
津本　陽　武蔵と五輪書

津本　陽　幕末御用盗
津村秀介　洞爺湖殺人事件
津村秀介　水戸の偽証〈三島着10時31分の死者〉
津村秀介　浜名湖殺人事件〈富士－博多間37時間30分の謎〉
津村秀介　琵琶湖殺人事件〈ハイパー有明14号「13時45分」の死角〉
津村秀介　猪苗代湖殺人事件
津村秀介　白樺湖殺人事件〈L特急「あずさ13号」空白の接点〉
司城志朗　恋ゆうれい
土屋賢二　哲学者かく笑えり
土屋賢二　ツチヤ学部長の弁明
土屋賢二　人間は考えても無駄である〈ツチヤの変客万来〉
塚本青史　呂后
塚本青史　王莽
塚本青史　光武帝（上）（中）（下）
塚本青史　張騫
塚本青史　凱《がい》歌《か》の後《のち》
塚本青史　始皇帝
辻原　登　マノンの肉体
辻原　登　円朝芝居噺 夫婦幽霊

辻村深月　冷たい校舎の時は止まる（上）（下）
辻村深月　子どもたちは夜と遊ぶ（上）（下）
辻村深月　凍りのくじら
辻村深月　ぼくのメジャースプーン
辻村深月　スロウハイツの神様（上）（下）
辻村深月　名前探しの放課後（上）（下）
常光　徹　学校の怪談〈K峠のうわさ〉
常光　徹　学校の怪談〈百円のビデオ〉
坪内祐三　ストリートワイズ
出久根達郎　佃島ふたり書房
出久根達郎　たとえばの楽しみ
出久根達郎　おんな飛脚人
出久根達郎　世直し大明神〈おんな飛脚人〉
出久根達郎　御書物同心日記
出久根達郎　続 御書物同心日記
出久根達郎　御書物同心日記 虫姫
出久根達郎　土龍《もぐら》
出久根達郎　俥《くるま》宿《やど》
出久根達郎　二十歳のあとさき

講談社文庫　目録

出久根達郎　逢わばや見ばや　完結編
出久根達郎　作家の値段
ドウス昌代　イサム・ノグチ(上)(下)〈宿命の越境者〉
童門冬二　戦国武将の宣伝術〈隠された名将のコミュニケーション戦略〉
童門冬二　日本の復興者たち
童門冬二　夜明け前の女たち
童門冬二　改革者に学ぶ人生論〈江戸グローカルの偉人たち〉
童門冬二　佐久間象山〈幕末の明星〉
童門冬二　項羽と劉邦〈知と情の組織術〉
鳥井架南子　風の鍵《キー》
鳥羽　亮　三鬼の剣
鳥羽　亮　隠《おぬ》猿《ざる》の剣
鳥羽　亮　鱗光の剣〈深川群狼伝〉
鳥羽　亮　蛮骨の剣
鳥羽　亮　妖鬼の剣
鳥羽　亮　秘剣鬼の骨
鳥羽　亮　浮舟の剣
鳥羽　亮　青江鬼丸夢想剣
鳥羽　亮　双つ龍〈青江鬼丸夢想剣〉
鳥羽　亮　吉宗謀殺〈青江鬼丸夢想剣〉
鳥羽　亮　風来の剣
鳥羽　亮　影笛の剣
鳥羽　亮　波之助推理日記
鳥羽　亮　からくり小僧〈波之助推理日記〉
鳥羽　亮　天狗の塒《ねぐら》〈波之助推理日記〉
鳥羽　亮　遠山桜〈影与力嵐八九郎〉
鳥羽　亮　浮世の果て〈影与力嵐八九郎〉
鳥越　碧　一葉
東郷　隆　御町見役うずら伝右衛門(上)(下)
東郷　隆　御町見役うずら伝右衛門・町あるき
東郷　隆　銃士伝
東郷　隆　センゴク兄弟
東郷　隆　上田　信　絵　【絵解き】戦国武士の合戦心得〈歴史・時代小説ファン必携〉
東郷　隆　上田　信　絵　【絵解き】雑兵足軽たちの戦い〈歴史・時代小説ファン必携〉
戸田郁子　ソウルは今日も快晴〈日韓結婚物語〉
とみなが貴和　EDGE《エッジ》
とみなが貴和　EDGE2〈三月の誘拐者〉
東嶋和子　メロンパンの真実
戸梶圭太　アウトオブチャンバラ
徳本栄一郎　メタル・トレーダー
夏樹静子　そして誰かいなくなった
中井英夫　新装版　虚無への供物(上)(下)
中井英夫　新装版　とらんぷ譚I　幻想博物館
中井英夫　新装版　とらんぷ譚II　悪夢の骨牌《かるた》
中井英夫　新装版　とらんぷ譚III　人外境《にんがいきょう》通信
中井英夫　新装版　とらんぷ譚IV　真珠母《しんじゅも》の匣《はこ》
長尾三郎　人は50歳で何をなすべきか
長尾三郎　週刊誌血風録
南里征典　軽井沢絶頂夫人
南里征典　情事の契約
南里征典　寝室の蜜猟者
南里征典　魔性の淑女牝
南里征典　秘宴の紋章
中島らも　しりとりえっせい
中島らも　今夜、すべてのバーで
中島らも　白いメリーさん
中島らも　寝ずの番

2010年12月15日現在